回忆修理工厂

〔日〕石井朋彦◎著　　任兆文◎译

北京科学技术出版社
100层童书馆

回忆修理工厂

目录
contents

第一篇 ◎ 再见和冒险的开始…… 005

第二篇 ◎ 修习、试炼和世界的危机…… 163

终结篇 ◎ 忘记一切之后…… 251

尾 声 …… 351

欢迎来到回忆修理工厂。

在这里，技艺精湛的工匠们
能把大家伤感的回忆
修复成美好的回忆。

十岁的女孩琵琵不擅长交朋友，外公是她唯一的朋友。
为了修好外公的遗物，
琵琵误打误撞来到了神奇的回忆修理工厂。

神秘莫测的厂长祖奇；长着白胡子的爷头；
一个叫蕾蒂·蜜丝·米赛斯·玛达姆的奇特女人——
她早上是少女，中午和下午是年轻女士，
傍晚是中年妇女，夜晚是老妇人；
玩具博物馆馆长埃勒纳；环游世界的小熊米西亚……

孤独的琵琵结识了伙伴，找到了工作，
逐渐活出了自我。

然而……琵琵原本生活的世界却发生了异变——

一群黑衣代理人妄图夺走人们的幸福用以牟利，
他们大肆抢夺人们的回忆。
随着回忆被不断抢夺，
被送往回忆修理工厂的"待修回忆"数量锐减。
更糟糕的是，这些黑衣代理人
还计划彻底关闭回忆修理工厂。

为了守护回忆与幸福，琵琶和她的新朋友
不得不踏上冒险与抗争之路……

你最珍贵的回忆是什么？

第一篇

❀

再见和冒险的开始

|第一章| 琵琶，一个想成为工匠的女孩

修理坏掉的玩具和道具。

凯泽·施密特工坊

暮色笼罩着这座遍布着高大的红砖建筑的城市，老旧的黄铜招牌在小工坊门前轻轻摇晃。当石板路渐渐褪去温度，只听嘎吱一声，工坊的门突然被推开，一个身着绿色外套的女孩悄悄地将头探了进来。

女孩眉毛弯弯的，形似拉开的弓；眼睛圆溜溜的，格外灵动；小巧的脸庞搭配稍显宽大的嘴巴，倒有几分不协调的可爱。白气不断从她口中呼出，随后在空中缓缓飘散。长满雀斑的脸颊红扑扑的，隐隐向外散发着热气。

她背着皮质双肩书包，双手小心翼翼地捧着一个盒子。她用肩膀抵住门，迅速闪身溜进屋。

"呼——"

女孩长舒了一口气。

她面前有一个和她身高相仿的柜台，柜台后面是通顶的置物架，架子上摆满了玩具和道具。它们就那样陈列着，仿若沉睡般，默默等待主人前来认领。

女孩蹑手蹑脚地走到柜台边，把盒子轻轻放到上面，然后伸长脖子向内张望。透过置物架的缝隙，可以看到工坊工作区的景象。损坏的物品堆积如山——涂层脱落的铁皮玩具、坏掉的打字机、停摆的挂钟、层层堆叠着的磨破的皮包和皮鞋……在这间工坊里，时间仿佛以一种截然不同的节奏流淌着。

女孩脱掉外套，踮起脚尖轻手轻脚地走向工作区。一进入工作区，她就看到了一张工作台。天花板上垂下的吊灯散发着微弱的光，浅浅地照亮了工作台周边。隐约可见有人坐在工作台前，不过那人的身影被堆叠如山的书本与工具挡住了。

四周十分安静，只能听到煤油取暖炉中的煤油燃烧时发出的刺刺声。

女孩捂着嘴，竭力不让自己的呼吸声被察觉。就在她准备再往前踏出一步时，书本后面突然传来一个低沉、冷静的声音。

"琵琵，你和妈妈说过了吗？"

被唤作琵琵的女孩吓得浑身一颤，下意识地缩紧了肩膀。

"外公，原来您早就发现我了啊……"

琵琶叹了口气，慢悠悠地晃到工作台后面。

"您在修什么呢？"

琵琶的外公凯泽·施密特先生是这间工坊的主人。

他身材修长，白色的长发被尽数梳到了脑后，眼前架着一个单片放大镜。

他穿着一件有好多口袋的皮马甲，弓着身子坐在破旧的皮椅上，捏着镊子的手忙个不停。

琵琶睁大双眼，长满雀斑的脸颊微微泛红。

机器前躺着一个铁皮人偶。

人偶的长度和成年人手肘到指尖的距离相近。铁皮外壳下的齿轮裸露在外。这个人偶的手脚似乎可以活动。

"这是什么人偶啊？"

"与其叫它人偶，不如叫它机器人……更恰当一些。"

外公直起身子，抱着胳膊说道。

"我似乎在哪里见过它。"

琵琶也抱起了胳膊。

"你觉得它是什么呢？"

机器人脸型呈上宽下窄的倒置鸡蛋状，右眼嵌着绿色的石头，左眼镶着蓝色的石头。细若沙漏流沙的鼻梁下，薄薄的嘴唇抿成平直的"一"字，让人难以分辨其性别。

琵琶像是突然想起了什么，指着机器人问道：

"这是……钟楼上的装置吗？"

"没错，这就是钟楼上的活动人偶。"

"我们老师说过，钟楼太老旧了，里面的时钟已经停摆。听说不久后就要被拆掉。"

"不是这样的。钟楼里的时钟是按照可以运转百年的标准设计的。只要人们重新打磨齿轮、更换磨损的零件，时钟就能恢复如初。"

"这样啊。"

"天快黑了。你找我有什么事吗？"

"啊，我有一样东西……想给您看看。"

听罢，外公站了起来，眯起蓝色的眼睛温柔地注视着琵琶，眼角的皱纹因此显得愈发深了。

"那我先去给你妈妈打个电话吧。"

很快，工坊深处便传来拨号盘转动的声音。

琵琶的目光完全被铁皮机器人吸引了。在电灯微弱光芒的映照下，机器人竟像要哭了似的。

"你无家可归了，真可怜……"

琵琶小声嘟囔了一句。话音刚落，机器人的头突然朝她这边扭动了一下。

"啊！"

琵琶吓得向后退了一步，正好撞到了外公。

"好了，我送你回家吧。你想给我看什么？"

"外公，您来这边！"

琵琶抓住外公的手，将他拉到柜台旁，自己则一屁股坐在长椅上。她双手托着下巴，一双大眼睛滴溜溜地转个不停。

"您打开看看。"

外公将手搭在盒子上。

那双手骨节凸起，指节粗大，指甲厚实，上面沾满了油污和涂料，一看就是常年劳作的工匠之手。

"嗬。"

外公瞪大双眼看向琵琶。

盒子里面是一个用木头和黏土做的房子模型。画着庭院的纸上立着一栋三角形的房子，旁边有一棵用黏土捏成的树，树上还挂着吊篮。

"这……做得真不错。"

"这是我在手工课上做的，传说中能遇见妖精的房子。"

"能遇见妖精的房子？嗯……做得真精美啊。"

外公眯起了眼睛。

"可是……大家都说它很奇怪，还说没人想要这种房子。"

"我可不这么认为。"

"大家都夸莉娜做的东西好。"

"市长家的那位千金？"

"嗯。"

"莉娜做的是什么？"

"用程序控制的人偶，可以通过平板电脑操控。"

"莉娜连那种东西都能做出来？"

"不是，市面上有卖的，价格非常昂贵。买来之后莉娜的爸爸帮她组装的。大家都惊讶得不得了。"

"不过琵琶，你的房子可是你自己做的。"

"话是这么说……"

"其他人怎么想并不重要。重要的是，你做的东西可以成为某些人的珍视之物……不是吗？"

"某些人指的是谁啊？"

"我，你的爸爸妈妈……还有你的朋友。"

听到这话，琵琶垂下了头。

"我没有朋友。"

"莉娜呢？小时候她不是经常来这里玩吗？"

"自从上了小学之后……她就不和我一起玩了。"

"为什么？"

"因为大家都说……说我很奇怪。"

"嗯……"

外公沉思片刻后，用眼神示意："琵琶，你待在这里别动。"

他回到工作区，将铁皮机器人拿过来放到柜台上。

"琵琶，你觉得它的表情是什么样的呢？"

外公坐到琵琶旁边，将手搭在她瘦小的肩膀上。

琵琶认真地看着机器人的脸答道："我觉得它看上去很悲伤。"

"是吗？可我觉得它在微笑。"

"这样啊……不过，既然大家都说我这个人说的话很奇怪，也许这个机器人就像外公说的那样是在笑，而不是在哭。"

"并不是这样。既然琵琶觉得它看起来像在哭，那它就是在哭。"外公笑眯眯地说，"它的名字叫弗里茨。"

"弗里茨……"

"总有一天，你的身边会出现能理解你的朋友。在那之前，就让弗里茨当你的朋友吧。当你伤心、难过的时候，都可以向弗里茨诉说。"

"我不可以跟外公说吗？"

"当然可以。不过，当外公不在的时候，在能倾听你诉说烦恼的朋友出现之前，你都可以向弗里茨倾诉。"

琵琶轻轻点了点头。

"对了，外公……"

"怎么了？"

"外公，您有伤心、难过的时候吗？"

"当然有。"

"那种时候，您会怎么做呢？"

"我会等待。等待悲伤的回忆变成美好的回忆……"

"要等多久呢？"

"说不好。几年、几十年都有可能。"

"要那么久啊……"

琵琶露出难过的表情，再次垂下了头。

"要是没有……没有那些令人讨厌和痛苦的事情就好了。"

外公搂着琵琶的肩膀，指着架子上的人偶说道："这里放着的人偶都已经坏了，但都可以修好。同样，悲伤的回忆经过修复也可以变成美好的回忆。"

"可是……每当想起不好的事情，我都会感到心痛。"

"就现在的你而言，的确会这样。你不用强迫自己忘记。就算你想忘记，恐怕回忆也会挥之不去。不过，在你一遍又一遍回想的过程中，回忆会被修复。这个过程，可能是短暂的，也可能很漫长。修复花的时间越长，回忆就会被打磨得越美丽。"

"就像外公花时间修东西那样？"

"是啊。"

"外公……"

"怎么了？"

"我长大了也要成为像外公这样的工匠。"

外公欣慰地笑了。

"你一定可以。总有一天，你会在这里唤醒很多回忆。"

"嗯！"

琵琶靠在外公的肩膀上，脸颊红彤彤的。

❀

琵琶出生在卡尔莱昂市。

这是一座历史悠久的工业城市。工匠们制作的东西享誉全球，有人甚至说："卡尔莱昂的破烂都可以当钱花。"

这座城市被城墙环绕，街道从城门向四面八方延伸。曾几何时，这里往来的行人和车马络绎不绝。

如今，多车道干线公路直接串联起各大城市，卡尔莱昂市不再是交通枢纽。

有一条河流横贯卡尔莱昂市，将城市一分为二：南岸是错综复杂如迷宫般的旧城区，每到春天，温馨别致的花店和小摊随处可见；北岸是新城区，灰色高楼林立，写字楼和商场鳞次栉比，人流如织。以河流为界，旧城区和新城区恰似两面相对的镜子，分别映照出卡尔莱昂市的过去和现在。

琵琶的外公凯泽·施密特因擅长修理坏掉的玩具和道具而闻名，他深受工匠们尊敬。在这座城市里，修理东西和制造东西同等重要。

琵琶一放学，就会跑到外公的工坊，看外公用废弃的零件制造出独一无二的东西。

例如，能让人在夜晚悄无声息地走到冰箱前的静音拖鞋，能利用阳光煮鸡蛋的碗，还有带有双层杯底、方便小孩晚上偷喝果汁而不会被妈妈发现的马克杯。

在外公的手中，坏掉的东西也可以重获新生，就像被施了魔法一样。

结束上午的工作后，外公喜欢去市中心的钟楼广场散步。学校中午就放学的日子，琵琶会陪他散步。

广场位于旧城区，被老教堂和市政厅环绕，每逢周末总是人来人往。

教堂顶端矗立着一座钟楼，它被视作卡尔莱昂市的象征。

太阳形的钟面上，代表昼与夜的天球熠熠生辉。往昔，每当正午时分，钟声便会响彻整座城市。随着时钟下面的小门打开，机械人偶依次亮相。在管风琴声中，圣人和天使造型的人偶一边旋转，一边前行。

彼时，广场上来来往往的行人总会停下匆匆的脚步，仰头凝望钟楼。在那一刻，繁忙的城市也得到了片刻休憩。

圣人和天使们"游行"结束后，小丑和小熊一家就会伴着轻快的节奏登场。无论男女老少，都会指着它们展露笑颜。

然而，鲜有人留意到，在一众精巧的人偶身后，还有一个歪着脑袋、动作笨拙、努力追赶伙伴的铁皮小人儿。

那个铁皮小人儿，就是弗里茨。

半年前，在一个春风格外强劲的日子，广场上的时钟在指向十一点五十九分时骤然停摆。自那之后，卡尔莱昂市便再也没有响起过正午的钟声。

得知消息的当天，外公便带着琵琶赶往钟楼广场。

广场上，莉娜的爸爸——市长穆拉诺先生举着扩音器大声说道："修复这座古老的钟楼需要很大一笔资金。作为负责管理市政预算的市长，我深知肩上的责任重大。如今本市正面临财政危机，在这种情况下，寻找赞助商、将钟楼的时钟更换为数字时钟、避免资金和时间的浪费，才是当务之急。当然，拆下来的时钟不会被丢掉，我们计划将它捐赠给博物馆……"

莉娜的爸爸每尖着嗓子喊一句，扩音器就会随之发出啸叫声，那声音几乎要刺穿琵琶的耳朵。

　　但外公却像完全没听到市长的声音那样，只是静静地抬头望着钟楼。

❀

　　在琵琵领走弗里茨不久后的一天，外公去世了。

　　琵琵不记得外公去世前后发生的事。

　　据爸爸妈妈说，琵琵当时也在场。可每当她试图回忆，就会头晕目眩，身体的不适仿佛在刻意阻拦那些记忆浮现。

　　她只记得自己一直在哭，还止不住地打嗝，以及在葬礼期间被独自留在家中的零星片段。

❀

　　放学后，琵琵总会不由自主地朝钟楼广场走去。

　　教堂在石板路上投下巨大的阴影，彩色玻璃折射出的光斑在地面跳跃闪烁。那些竖起衣领匆匆穿过广场的行人，似乎无人为外公的离世感到悲伤。

　　琵琵抬头望向钟楼，看到了半开的门后露出的人偶。这些曾经每日仅现身一次的机械人偶，如今却一直暴露在外，历经风雨侵蚀，浑身污渍斑驳，宛如未干的泪痕。

　　然而，如今人们不再停下脚步仰望钟楼，也不再关注这些人偶，只是低头盯着智能手机的屏幕，行色匆匆地穿过广场。

"琵琶……你今天是一个人吗？"琵琶闻声回头，只见一个戴着贝雷帽、手持清洁刷的小个子男人站在身后。按理说，他应该比年仅十岁的琵琶高，可他佝偻得厉害，弯腰的姿态看起来仿佛头都要垂到膝盖上了。

"莫里先生……"

"凯泽……出什么事了吗？最近都没看到他……"

莫里是教堂管理员，话不多，也不擅长与人交往。一些人视他为怪人，但外公说，多亏莫里认真打扫，广场才总是干干净净的，所以每次遇到他，外公都会向他道谢。

"对了……之前委托你外公修理的餐桌，我得去拿一下了。"

莫里十分爱惜物品。每当有东西需要修理时，他都会去外公的修理工坊。

外公会对着那些损坏的物品念叨"嗯，还能用很久呢""这可有点儿棘手"之类的话。话音未落，外公便开始动手修理，不一会儿就把它们修好了。

莫里总是用少年般的眼神，注视着外公那双粗糙有力的手。

然而，他请外公修理餐桌是挺久之前的事了。

莫里似乎忘了外公已经去世了。

"那么，再见……代我向凯泽问好。"莫里说完，抬头看向钟楼，"指针什么时候才会动起来呢……"

他嘀咕着走向教堂后面的管理员小屋。

琵琶的眼泪扑簌簌地掉了下来。

当琵琶模糊的视野重新变得清晰时，她看到广场对面的市政厅前站着三个身着黑色正装的男人。他们虽然有着人类的外形，整体轮廓却模糊不清。琵琶想要看得再真切些，可是怎么也看不清楚。三个人都提着黑色皮包，穿着哑光的尖头皮鞋。

中间的男人似乎在对着一块散发出蓝光的方形手表说些什么；右边的男人举着相机，在记录周围的情况；左边的男人则在专注地操作平板电脑。

"那些人是怎么回事……"琵琶感到脚下一阵发麻。

三个男人静静地凝视了市政厅片刻，随后便混入人群，消失不见了。

琵琶的妈妈并不喜欢外公一直待在工坊里忙工作。

在她小时候，琵琶的外公从来不陪她玩耍，因此，她的童年非常孤独。

"我想成为像外公一样的工匠。"

琵琶永远不会忘记妈妈听到这句话时的神情。

妈妈的眼神中，流露出发自心底的悲伤。她对琵琶说："女孩子不适合当工匠。"

从那以后，琵琶便把自己的梦想悄悄藏在了心底，再也没有对人提起过。

琵琶的妈妈嫁给了一个与外公完全不同的男人。那个人就是琵琶的爸爸。

由于妈妈是外公的独生女，琵琶的爸爸便改姓施密特。

爸爸在市政厅上班，他总喜欢向人炫耀自己出生于十一月十一日十一时十一分十一秒。

"守规矩、准时比什么都重要。睡懒觉、发呆、迟到什么的，绝对不行。只要每天早上做好当天的计划并付诸行动，就能度过充实的一天。"

爸爸每天都雷打不动地在同一时间起床，日复一日用相同的动作喝咖啡、吃蛋包饭，就连在蛋包饭上淋番茄酱的方式都一成不变。两点之间线段最短，所以他总是用画"一"字的方式淋番茄酱。可在琵琵看来，绕圈淋番茄酱会让蛋包饭更好吃！

琵琵曾这样问爸爸："您在十一月十一日十一时十一分十一秒出生，那十一分十一秒是您脑袋出来的时间，还是脚出来的时间？"

爸爸无奈地皱起眉头："你怎么净琢磨些没意义的问题！与其在这些事上花心思，不如好好规划一下自己的人生，多想想怎么朝着目标前进。"

"琵琵真是的，你到底像谁呢？千万别像你外公一样！"

这是妈妈的口头禅。

以前，爸爸妈妈还没有现在这么忙碌。每逢休息日，一家人就会去公园散步，或是开车到郊外游玩。

自从钟楼上的时钟停摆、穆拉诺市长大肆宣扬改革之后，琵琵的爸爸妈妈就陷入焦虑之中，变得忙碌起来。

起初，琵琵并不懂改革是什么意思，只是常听爸爸妈妈念叨

"改革工作方式""改革劳动时间"。慢慢地，她才明白，改革就是改变过去习以为常的事情。

"大家的工作时间太长了。必须将加班时间缩减为零。"

"人们的工作负担太重了。我们要增加人手，控制劳动时间。"

据说，通过改革，城市会变得更加富裕，大家都能过上悠闲、安稳的生活。

然而，琵琶却觉得，自从推行改革以后，爸爸妈妈的心好像离她越来越远了。

她知道爸爸妈妈都很爱她，但她总觉得他们完全不理解她内心真正的感受。

每当感到孤独的时候，琵琶就会对弗里茨倾诉："弗里茨……我想外公了……"

而弗里茨总是一脸悲伤地看着琵琶。

✿

某天放学后——

"琵琶，你等一下！"

同班同学莉娜叫住了琵琶。

莉娜从头到脚都和琵琶完全不同。她是穆拉诺市长的独生女，住在新城区的高档公寓里。她漂亮又时尚，学习也很好，非常受大家欢迎。她经常从家里带新奇的玩具来学校，女孩子都想和莉娜做朋友。

"你包里装的是什么东西？"

莉娜指着从琵琶的双肩书包里露出来的弗里茨问道。

自从外公离世之后，琵琶便将弗里茨装在包里随身携带，从不离身。

"什么也不是……"

琵琶低下头，准备从莉娜旁边走过去。

"好奇怪的人偶。你是在哪儿买的啊？"

莉娜身边的女孩子们立刻围了过来。

"琵琶，你最近都不爱跟大家说话了。"

"我知道了！因为琵琶总待在她已经去世的外公的工坊里！"

琵琶总是谎称放学后和朋友们一起玩，可实际上，每天傍晚前，她都在外公的工坊里待着。

莉娜露出一副悲伤的神情，学着大人故作成熟地说道："琵琶的外公去世了，难道你们不觉得她很可怜吗？再说了，我爷爷和琵琶的外公可是有交情的。"

"你的爷爷和琵琶的外公？"

"是啊。"

"可是，你爷爷不是早就不当工匠了吗？"

“没错。”

“老师说过，工匠这个职业迟早会消失。”

“落伍的修理匠，居然还在耀武扬威！”

“所以我们的城市才会一成不变。”

“没错，没错！”周围传来尖锐的附和声。莉娜满意地扫视着众人，然后把手伸向琵琶的书包。

“喂，给我看看。”

琵琶慌忙摇头，试图把书包藏到身后。

“怎么了？我只是想看看而已。”

莉娜的声音瞬间冷下来。眨眼间，莉娜身边的女孩子们将琵琶团团围住。

建筑师的女儿体格健壮，一把攥住琵琶的手腕。广告商的女儿向来在莉娜面前谄媚讨好，她上前一步，直接将弗里茨从琵琶的书包里拽了出来。

“还给我！”

琵琶怒吼一声，连自己都吓了一跳。莉娜的跟班们也被琵琶的喊声吓得往后退了一步。

“至于吗？为了这么个破烂人偶大喊大叫，真恶心！”

莉娜故意大步向前，逼近琵琶。

“如果想要拿回去，就过来啊！”

广告商的女儿把弗里茨扔给了银行家的女儿。

琵琶就像躲避球比赛中被孤立的选手，一会儿向右跑，一会儿向左跑，拼尽全力想要夺回弗里茨。

几经转手，弗里茨最终到了莉娜手中。当琵琶扑过去抓住莉娜的胳膊时，莉娜却将弗里茨高高抛起。

"好吧，还给你！"

弗里茨朝着天空飞去，仿佛要被炽热的太阳吸走。

琵琶发疯似的追着它狂奔，敞开的书包里，笔随着她的跑动发出咔嗒咔嗒的撞击声。

"啊！"

琵琶被石板绊了一下，随即脸朝下重重地摔倒在地。她感到鼻腔里一阵刺痛，很快一股血腥味在口腔里弥漫开来。

从远处传来弗里茨被摔得四分五裂的响声，还有卡车往来的轰鸣声。

"哎呀，我都还给你了。"

"太笨了，都怪她自己没抓住！"

刺耳的话语伴随着女孩子们的哄笑声逐渐变得模糊，琵琶的意识也沉入黑暗之中。

醒来时，关于外公的记忆变得支离破碎，跌落在石板上的弗里茨同样七零八落。

琵琶强忍泪水，将弗里茨的零件一一捡回，脱下外套将它们仔细裹好。

✿

琵琶拖着受伤的脚向外公的工坊走去。

往日的她总是大步流星地走向工坊，但今天的她一路上一瘸一拐，走得摇摇晃晃。

失去了主人的工坊大门紧锁，窗户外的遮雨帘也被放了下来。

琵琶把外套放到门口，将手探进信箱。

为了方便琵琶随时进入工坊，外公特意做了一个带双层底的信箱藏钥匙。

吱呀一声，工坊的门被推开了。尘土味和霉味扑面而来。

琵琶摸索着按下电灯的开关。啪嗒一声，柜台附近亮起昏黄的光。积满灰尘的人偶们静静地立在置物架上，仿佛在遥望远方。

工坊里堆满了外公留下的工具和零件。

琵琶将裹着弗里茨的外套轻轻放在工作台上，像断了线的提线木偶般瘫坐在椅子上。真希望刚才在广场上发生的一切只是一场噩梦……琵琶疲惫地闭上眼。

过了一会儿，她用颤抖的手打开外套，最先映入眼帘的是弗里茨的手臂。手臂关节断裂了，拥有完美曲线的身体也扭曲变形了，她不知道原本发条是怎么装上去的。

弗里茨的头和身体分离。绿色的右眼不见了，剩下的那只散发着蓝色光芒的眼睛悲伤地注视着琵琶。

琵琶拿起钳子，想要把歪掉的脖子扳正。可是，铁皮太硬了，琵琶根本扳不动。

琵琶懊恼极了，眼泪顺着她因为生气而发红的脸颊扑簌簌地落了下来。

"弗里茨……对不起……对不起……"

琵琶哭累了，趴在工作台上睡着了。

✿

咔嗒咔嗒咔嗒咔嗒……

听到异样的声响，琵琶睁开了眼睛。

天花板上的灰尘簌簌掉落，在灯光下如飘舞的细碎雪花。琵琶感觉一排排架子在微微震颤，她试图起身，身体却不听使唤。

晃动间，一些奇妙、细碎的声音钻进了琵琶耳中。

"真是让人一言难尽……

"凯泽呢……

"真是的，明知道我急着要呢……"

终于，琵琶的右手指尖能动了，她就像挣脱粘在手上的胶水那样，一边活动食指、拇指，一边缓缓抬头循声望去。

她凝神一看，发现了一个神奇的身影。

他形似人类，却比常人矮小很多，身形跟琵琶在绘本里看到的小矮人一样。他长着一双罗圈腿，手脚修长，肚子圆鼓鼓地向前凸起。他打开置物架下方的柜门，将头伸进去，嘴里不停地嘟囔着"没有""不是这个""不对"之类的话。

他似乎在找什么东西，时不时还焦躁地抱着胳膊抖腿。看到他这个样子，琵琶这才恍悟，刚才的震动都是他搞出来的。

不可思议的是，琵琶并没有感到害怕。她经常做梦，所以她觉得眼前发生的一切也许是梦中的场景，或者是介于梦境与现实之间的事情。

她相信自己马上就会从梦中醒来。然而，小矮人并没有消失。当她起身时，椅子发出的吱呀声打破了寂静。

"咦？"

小矮人停住动作，转头看向琵琶。

琵琶倒吸了一口凉气，瞪大了眼睛。

小矮人明明和她差不多高，却长着一张成年男子的脸。

他的蒜头鼻上架着一副圆框眼镜，镜片后一双大眼睛不停地滴溜乱转，眉间的皱纹深如沟壑，右侧嘴角似笑非笑地扬起，神态既傲慢又带着几分恼怒。

小矮人眯起眼睛将琵琵上下打量了一番，不屑地哼了一声，又转头看向置物架。

"那个……"

小矮人闻声转头。

"你……能看见我？"

当小矮人试图将他圆滚滚的肚子转向琵琵时，他突然发出一声短促的呻吟，捂着腰重重地蹲了下去。

"哎哟，哎哟，我的腰！"

琵琵愣住了。小矮人左手按着后腰，右手不耐烦地冲她招手。

"喂！过来一下。"

"嗯……"

"反应真慢！"

小矮人弓着腰，等她小跑过来后，急促地指挥道："按一下这里，用力按。"

琵琵小心翼翼地用拇指按压小矮人的腰骨。

"哎哟，疼疼疼！不过你按得还不错嘛！再往右一点儿……不对，往左！对对，就是这里。"

小矮人背上的肉十分厚实，琵琵按得十分吃力。

"您在这里做什么？"

"哎哟，疼！真疼！我来找凯泽取委托他修理的东西，但他好像不在。"

琵琶心里一颤——看来他认识外公。她不自觉松了些力道。

"再用力点儿!"小矮人喊道,"凯泽出门旅行了吗?连手账上也没有任何回复!"

"外公他……"

"嗯?"

"外公他……去世了。"

小矮人像被抽走了筋骨般,整个人瞬间瘫软下来。

"……原来如此。"小矮人示意琵琶停下。他慢慢直起腰活动了几下,看来已经没事了。他的思绪似乎飘到了过去,嘴里念叨着:"唉,世事无常。世间的事……一言难尽啊。凯泽什么时候走的?"

"对不起……我不记得了。"

琵琶将一直埋在心底的话说了出来,她感到胸口一阵发闷。

"为什么?"

"我失去了外公去世前后的那段记忆。"

"失去了记忆?"

"是的……"

"你是谁?竟然能看到我!"

"我叫……琵琶,是凯泽·施密特的外孙女。"

"哦。"

　　小矮人若有所悟地用一只拳头重重击了一下另一只手的掌心。

　　"那你在这里做什么？"

　　"我，那个……"

　　"怎么了？快说啊！"

　　"我想修好这个人偶。"

　　"哦！这是凯泽的？"

　　小矮人凑近瞧了瞧弗里茨，抱起胳膊说道："哼，不愧是他……真了不起。不过，它为什么会变成这样？"

　　"被人弄坏了……"

　　"看来你也有你的一言难尽啊。"

　　"那个……您和我外公……"

　　"我们是老相识。真遗憾！唉，一言难尽啊。"

　　小矮人叹了口气，眉间的皱纹更深了。

　　"对了！我还有事要办，得赶紧走了。再见！"他向琵琶挥了挥手，转身朝工坊深处走去。

　　"那个……"

　　"怎么了？"小矮人停下脚步，双手叉腰，不耐烦地扭过头。

　　"您认识我外公吗？"

　　"别问重复的问题。"

　　"呃，嗯……您和我外公是朋友吗？"

"朋友？哼！哪有那么简单。如果非要形容的话，用'盟友'这个词或许更贴切。"

"您也是……工匠吗？"

"你怎么净问些无聊的问题！再聊下去，天就黑了。我不是工匠。我的工作是把凯泽和爷头修好的东西送回主人手里。嗯……说起来，我和凯泽、爷头，算是合伙人吧——或许用'曾经是合伙人'来表述更恰当。唉，一言难尽啊。"

"爷头是谁？"

"你原来什么都不知道啊！居然连爷头都不认识！"小矮人哼了一声，背过身去，语气里满是不屑。"爷头是阿西托卡加工所的主人。在我们这边，他可是无人不知、无人不晓的大工匠。"

"这边？"

"对你来说，或许是那边吧。"

"爷头……也是工匠吗？"

"爷头的职责是统筹工匠们的工作，确保按时完工。当然，爷头自身也是首屈一指的工匠。手艺能够与爷头匹敌的，只有你外公。"

小矮人又开始抖腿，工坊又跟着嘎吱嘎吱地晃动起来。架子上，外公留下的工具和零件摇摇欲坠。

"那您叫什么呢？"

"想问别人的名字，应该先自报家门。"

琵琶心想，她刚才已经说过自己的名字了……但她还是重新说了一遍："对不起……我叫琵琶·施密特。"

"不要总是道歉。如果随随便便把'对不起''抱歉'挂在嘴边，到了真正需要道歉的时候，这些话反而体现不出你的歉意了。"

琵琶下意识地又想说"对不起"，但她努力忍住了。

"我叫祖奇。凯泽是个了不起的工匠。真是太遗憾了，一言难尽啊。"

看来，"一言难尽"是祖奇的口头禅。

祖奇将双臂环抱在胸前，开始自言自语。

"接下来该怎么办？该怎么向爷头交代呢？还能按期交付吗？"

琵琶看向工作台。

支离破碎的弗里茨躺在灯光下，仿佛在静静聆听他们二人的对话。

"祖奇先生！"

"什么事？"

"这个人偶是外公给我的。我想……"

"你想说什么，有话就快说。"

"爷头会愿意帮我修好它吗？"

"这得由爷头来决定，我可不知道。"

"好吧……"琵琶失望地垂下头，欲言又止。

"你真的很想修好它吗？"

"是的。"

祖奇凝视着琵琵的眼睛，琵琵被盯得有点儿不自在，但她克制住了想要移开视线的冲动，鼓起勇气与祖奇对视。

祖奇微微一笑，说："跟我来。如果你真想让它恢复原状，就自己动手吧。"

说完，他迅速转过身，迈着罗圈腿走了起来。

"啊，好的！"琵琵急忙用外套裹住弗里茨。

可是，要往哪里走呢？眼前并没有路，只有一排置物架。祖奇走到架子前，低下头，用一只手的拇指和食指抵住眉间，摆出一副沉思的姿势。

"那个……"

"安静！"祖奇伸出另一只手，打断了琵琵的话。

"啊！"琵琵惊叫起来。

工坊里面的架子一分为二，向后缓缓打开。

"呼——"祖奇长舒了一口气。"走吧。如果不记得通往那边的路，路就不会出现。"说完，他便钻进了架子中间。

架子后方是一段长长的、缓缓向下的楼梯。祖奇的罗圈腿渐渐没入黑暗之中。他回头看了一眼琵琵，发现她一脸不安地站在原地，于是挑眉问道：

"怎么，你是第一次看到这条路吗？"

"是的。"

"原来如此……看来凯泽没有和你说过这条路的事。"祖奇一边嘟囔，一边继续沿着楼梯往下走。

走了许久，前方依然一片漆黑。琵琶只能隐约看到祖奇的背影。

她渐渐不安起来。

"对不起……"

"我不是让你改掉道歉的习惯吗？"

"啊……那个，祖奇先生……"

"又怎么了？"

"我们还要走多久？走太远的话，我爸爸妈妈会……"

她忍不住想，爸爸妈妈此刻一定在焦急地等她回家。

"不用担心。那边和这边的时间是不同的。"

"时间？"

"快到了，再坚持一下。已经走了一半的路程，按理说……现在应该在那边了吧。不只是你，那边世界的人也总是喜欢担忧未来。不过，未来的事情谁又能说得准呢？"

琵琶听得一头雾水，大脑中乱成一团。

走了一半路程是不是意味着，只要再走一半就能到达目的地？

祖奇仿佛看穿了琵琶的心思，他开口说道："当你知道目的地时，你会感到路程很短。当你不知道目的地时，脚下的路就会显得格外漫长。难熬的时候，更是如此。这种时候，别去想还有多远，只管一步一步往前走即可。"

当琵琶双脚疼得再也走不了一步时，她终于越过祖奇的肩膀，看到前方出现了一个有亮光的四方形出口。

"没想到你还挺能走。"祖奇回过头来对琵琵说,"走了这么长的路,我的腰居然没那么疼了。"两人穿过那片亮光,走进了一个巨大的三角形空间。

两侧的墙壁斜着向天花板的方向延伸。阳光透过天窗洒落在地板上,铺就成一条明亮的地毯。

"别发呆了!走了。"祖奇催促道。这条"光之地毯"足足有两个琵琵所在小学的游泳池那么长。

这个空间两侧整齐摆放着木椅,走到中段时,椅子的朝向突然改变,变成了面对面的布局。

祖奇的身影逐渐被阳光笼罩。琵琵加紧脚步,跟在他身后。

等他们走出这个空间,眼前豁然开朗——对面竟是一座宽阔无比的广场。

刚才明明一直在沿着长长的楼梯向地下走,可琵琵现在却看到耀眼的太阳高悬在空中。

广场周围环绕着一圈建筑，它们的外墙被涂成了粉色、蓝色和绿色。白色的窗框下，色彩斑斓的花朵竞相绽放。

广场上人来人往——确切地说，琵琵不确定是否可以称他们为"人"，尽管他们看起来很像人类，但他们的模样全都十分奇特。有手脚像树枝一样细长的女人，还有像原木一样高大到需要仰视的男人；有的女人耳朵几乎和脸一样大，还有的绅士长着吊钟一样的鼻子与浓密的胡须……

祖奇瞥了一眼呆住的琵琵，笑着说："这可不是梦。对我来说，你们那个世界的人看起来更奇怪。"说罢，他穿过广场，走到一条街道上。

这条街道旁有不少餐厅。这个世界的居民正在享用琵琵从未见过的食物，他们一边谈笑风生，一边喝着玻璃杯中五颜六色的饮料。

琵琵看到一家餐厅的厨房里挂着大块的肉，一些身影在忙碌着。里面传来哐哐哐的剁肉声，琵琵不由得缩了缩脖子。

这里有用透明玻璃装潢的家具店，有长满各式各样的植物、形似树洞的花店。琵琵还看到一家售卖瓶装不明液体的店铺，液体的颜色不断变幻……她看得目不暇接，脚步也渐渐慢了下来，险些把祖奇跟丢了。

"好了，我们在这里等会儿。"祖奇抬起右手示意琵琵停下。

"咦？"琵琵不可置信地揉了揉眼睛——刚才那条笔直的街道此刻竟然动了起来。

然而眼前的场景并非幻觉。琵琵看到脚下的路向左边滑去，紧接着，另一条路从右边转过来，与他们刚刚走过的路连在一起。

"这个广场叫'甘轱'，意思是齿轮。"

"城市……是在转动吗？"

"只有中心部分在转动。必须等自己要去的那条路出现，才能从那里离开甘轱。我们等第二条路转过来，就可以去工厂了。"

"也就是说，城市中心在不断转动，从而让外面的路与它相连？"

"没错。"

刚刚转过来的那条路缓缓从两人面前经过。在布满白杨树的林荫道尽头，一座喷泉正在喷水。路上的行人身着连衣裙或礼服，撑着阳伞，在步态优雅地漫步。

"哼，大白天就这么悠闲。"祖奇似乎不太喜欢林荫道上的行人。

"广场是怎么动起来的呢？"

"我不是刚说过吗？靠齿轮。深埋于地下的齿轮在转动。"

"那要是想约人见面该怎么办呢？"

"那种事，只有到时候才知道。你听好了，我不喜欢重复讲同一件事。只要是我说过一次的事情，你就要记牢，把它刻在脑子里。记忆力非常重要。"

"知道了。"

"接下来，我带你去我们的工厂瞧瞧。至于能否在那里工作，就要看你自己的本事了。"

"工作？"

"当然。你以为爷头会轻易答应帮你修好凯泽的遗物吗？"

琵琶不由得捏了捏包着弗里茨的外套。

工作是怎么一回事呢？难道要想修好弗里茨，就必须在工厂里工作？

轰隆隆——伴随着一阵低沉的声响，第二条路转了过来，与他们刚刚走过的路连在一起。

"甘轴转一圈的时间相当于你们那里的半天。这里总共有十二条街道。你还有其他想问的吗？"

"前面就是……爷头的工厂吗？"

"那是我和爷头的工厂。沿着这条街道径直往前走，就是我们的阿西托卡加工所。"

祖奇狡黠地笑了笑，随即迈开罗圈腿向前走去。

一路上，到处都是砖砌的工厂。

工匠们正在挥汗如雨地制作各种各样的物品：家具、日用品、玩具和皮具……锯木头的声音伴随着木屑的味道一同刺激着琵琶的感官。敲击金属发出的丁零当啷声在四周回荡，仿佛要劈开空气一般。

"这是亨特维尔克街，也叫工匠街。这边使用的物品，基本都是在这里制造出来的。"祖奇介绍道。

两人走了几百米后，道路尽头出现了一堵石头砌成的墙，墙的另一边耸立着好几座高塔。

两人随即向左转，沿着石墙走了一会儿，琵琶看到一座宽敞的建筑：白色的墙壁、橙色的屋顶，大半墙壁被爬山虎覆盖，仿佛随时会被拽进地里去似的。

祖奇走到一樘巨大的门前，这樘门足有三个琵琶那么高。

"这就是我们的阿西托卡加工所。"

穿过对开的大门，他们进入一个巨大的挑空式大厅。

头顶上方是纵横交错的走廊。穿着连体工装的工匠们忙碌地走来走去。工匠们的工装大多是蓝色或黄色的，其中还有几位穿着红色工装的年轻工匠。

"欢迎回来，祖奇先生。"一个声音从脚下传来。

琵琶低头看去，只见一个长着老鼠脸的男人正抬头望着他们。他身高仅到琵琶膝盖，双脚并拢，站姿笔挺，腋下还夹着一捆纸。

"罗诺，我回来晚了。"

"您迟迟不回，我十分担心。这位是……？"

"哦，她是凯泽的外孙女。很遗憾，凯泽去世了。"

"什么……"

叫罗诺的男人悲伤地垂下了头。

"真遗憾……凯泽老爷子可是一位了不起的工匠。"

琵琶心头一阵酸涩,也默默垂下了头。

"爷头在哪里?"

"他去工作了。刚吃完饭就去了。"

"这么早就开工了啊。"

"是的,他说如果不抓紧时间,就没办法按期交货了。"

"也对。好,那我走了。"

"啊,祖奇先生!"罗诺叫住了祖奇。

"怎么了?"

罗诺展开他腋下夹着的那捆纸。

"又有人退货了。您看,足足有这么多。我还核对了账本,想看看是不是送错地址了,但地址并没有错。"

祖奇接过那捆纸快速扫了一眼,自言自语道:"嗯……一言难尽啊。"说罢便迈步向前走去。

琵琶忙向一脸欲言又止的罗诺低头行礼,随后快步追上祖奇。

大厅中央立着一根柱子,柱子里嵌着一部电梯。透过钢架缝隙能看到电线和齿轮。

"快点儿!你太慢了!"

祖奇走进电梯，迅速转身冲琵琶喊道。

"啊，好的！"

琵琶刚闪身进去，电梯门就合上了。随着一阵齿轮咬合的嘎吱声，电梯开始缓慢上升，最高层的指示灯亮了，铁制的箭头逐渐向亮灯的方向转动。

琵琶透过圆形小窗向外望去。

一些穿着黄色工装的年轻工匠展开图纸热烈地讨论着。一位老工匠独自坐在椅子上，似乎在思索什么。随着电梯不断上升，这些画面离琵琶越来越远。

"凯泽的外孙女。"

"啊，我在。"

"你说你想不起来凯泽去世的经过？"

"是的。"

"那么，你也想不起来凯泽最后修理的东西是什么吧？"

"是的，我想不起来了。很抱歉。"

"不必道歉。"

祖奇看起来似乎在思索什么。

最高层在挑空式大厅天花板的上方。电梯门打开后，琵琶眼前出现一条铺着红色地毯的走廊。

明亮的灯光从走廊天花板投射到地毯上，地毯表面的一根根绒毛清晰可见。

"走吧。"

祖奇沿着走廊快步向前走去。

走廊两侧的墙壁上挂着许多画框，里面镶嵌着各种各样的画：机翼有如鸟的翅膀的飞机、身体有如蜈蚣体节的机器人，还有靠螺旋桨飞行的巨大城市……

"哇……"

"别发呆。爷头可没耐心等你。"

走廊尽头有一樘木门。

"这就是爷头的房间。"

那是一樘由两块完整的木板制成的华丽双扇门，上面雕刻着一棵树。树干扎根于大地，直冲云霄。高高的树枝上面结满了月亮和星星。

"从现在开始，你要一个人面对所有的事情。我还有别的事情要做。"

"什么？祖奇先生……您不和我一起进去吗？"

"嗯，等着我去做的事情多到一言难尽。这会儿要是和爷头聊起来的话，不知道要说到什么时候。"

"怎么这样……"

"记住，在爷头面前不要说多余的话。那么，再见了。"

祖奇说完便转身匆匆离开了。

琵琵看向眼前的门，紧张得咽了口唾沫，然后敲响了门。

"我在。"门后传来比琵琵想象中更清亮的声音，"进来吧。"

琵琵紧张不已，面部僵硬。

她拢了拢手中的外套，用肩膀顶开其中一扇门，小心翼翼地走了进去。

房间里弥漫着白色的雾气，琵琵感觉自己置身于云雾之中。

房间里有一整面墙都是书架，上面摆满了旧书。房间中央有一张绿色的沙发，旁边的桌子上也堆满了书。

"你是谁？"

听到有人问话，琵琵急忙循声转过身去，只见一缕烟雾从巨大的工作台上袅袅升起。

"那个……"

"祖奇没和你一起？算了，和那家伙说话也累。"

"是的，祖奇先生说他有事情要处理。"

"原来如此。不过这边情况也复杂。得在事情变棘手之前赶紧处理，不然就没办法推进了。"

"那个……"

"工作嘛，就是这样。总之，先试着去做。如果能做好，那当然令人开心；如果做不好，就再试一次。如此循环往复。"爷头停顿了片刻，又问道，"你是谁？"

"我叫琵琶·施密特，是凯泽·施密特的外孙女。那个……"

琵琶感到自己的心脏好像要从嗓子眼里跳出来了，她有些语无伦次。

爷头则静静地看着她，似乎在等她继续说下去。

琵琶搂紧裹在外套里的弗里茨。

"这是我外公送我的人偶……"话刚说了一半，琵琶突然意识到自己忘了说最重要的事，于是赶紧补上，"我外公……已经去世了。"

琵琶难过地低下了头。

白雾中的爷头停下了动作。

"是吗……凯泽已经离开了？"

爷头不住地吧唧烟斗，一团格外浓烈的烟雾腾空而起。

"那个……"琵琶鼓起勇气向前迈出一步，声音颤抖，"您能帮我……修好外公送我的人偶吗？"

琵琶感到爷头似乎在烟雾中抬起了头。

"你不能轻易使用'修好'这个词。损坏的东西，没有那么容易恢复原状。"

爷头的语气平静而坚定。

"对不起……"

琵琶瑟缩了一下，无力地向后退了一步。

"把它放在那里。"

"啊？"

"把你说的凯泽送你的东西拿给我看看。"

"啊，好的。"

琵琶把外套放在沙发旁的桌子上，颤抖着双手打开。

爷头站起身，迈着矫健的步子走向沙发。

他身姿挺拔，系着一条米色围裙。

爷头的外貌令人印象深刻。

他头很大，三七分的头发浓密得快要盖住耳朵了。

他鼻梁很高，留着浓密的白胡子。他的眉毛很粗，玳瑁眼镜后面两只黑眼珠骨碌碌地转动着。

爷头坐到沙发上，身体微微前倾，眯起眼睛仔细查看弗里茨，嘴里发出"嗯，嗯……"的声音。

过了一会儿，他往上推了推眼镜，看向琵琶，问道：

"叫什么名字？"

"啊……"

"我是说这孩子的名字。"

"它叫弗里茨。"

"你为什么想修好弗里茨呢？"

"因为这是外公送给我的，它对我来说很重要。"

"因为它很重要……所以你想修好它？"

"是的。"

"你只这样说，我还是不理解。"

"嗯……"琵琶脱口而出，"我想找回和外公在一起时的记忆，所以才想修好它。"

"嗯。虽然弗里茨缺了不少零件，但至少它还在你的身边……不过就算它坏了，你的回忆也不会消失吧？"

"也许您说得对。但如果不修好它，我总觉得和外公的回忆也跟着破碎了……而且……"

琵琶声音发颤，难过地低下了头。

爷头静静地看着琵琶，等待她继续说下去。

"我想不起外公去世时的情景了。我想，如果弗里茨能恢复原样，说不定我就能再次'见到'外公……"

爷头认真地盯着琵琶。不一会儿，他突然笑了起来，打破了沉默。"好吧。"

他靠在沙发上，朝着墙上喇叭状的传话筒喊道：

"托克！托克在吗？"

数秒后，传话筒里传来回应。

"我在。爷头，请问有什么事？"

"有新人来了。请给她准备一张桌子、一张床。还有，让罗诺给她准备一套工具。啊，不是全新的也没关系。"

"知道了！"

"那就拜托你了。"

传话筒那边的嘈杂声消失后，房间重归寂静。爷头挺直腰板，慢悠悠地向工作台走去。

"我允许你在这里工作。从明天开始，你可以在这里磨炼技艺，然后用自己的双手修好凯泽留下的东西。在那之前，我会帮你保管弗里茨。"

琵琵还在发愣，爷头呼地吐出一口烟。

"剩下的事你可以问托克。要是偷懒，祖奇会骂人的。交货期快到了，我们要处理的事情很多。越是重要的事情，就越麻烦。真是麻烦死了。"

琵琵深吸了一口气，回答道：

"好的，我会努力的。"

就这样，琵琵开启了在阿西托卡加工所的修习之旅。

现在，让我们把目光移到与琵琶当下所处世界相对的"那边的世界"，也就是各位读者所在的世界。

卡尔莱昂市政厅的接待处站着一个穿着黑色正装的男人。他是琵琶之前在钟楼广场看到的三个男人中的一个。男人问接待处的女士：

"请问市长在吗？"

每天都有数百人来市政厅。

改革开始之后，市政厅推行了更合理的管理模式，不同的业务对应不同的服务窗口。现在几乎没有访客可以直接进入市长办公室。

"不好意思，请问您有什么事？"接待处的女士用程式化的语气问道。

"我是来协助改革的。"

"不好意思，请问您有预约吗？"

"没有。"

"市长事务繁忙，恐怕无法马上接见您……"

"我相信市长一定会对我要谈的内容感兴趣。"

"即便如此……"

穿着黑色正装的男人不再搭话，与接待处的女士陷入僵持。

男人身后陆续来了两三位访客，他们开始自发排队。接待处的女士意识到，如果继续僵持下去，可能引发骚动。

她的职责是妥善接待访客。只要不出差错，工资就能稳定发放，但若接到投诉或惹出麻烦，绩效就会受影响。她急忙拨打秘书室的内线电话，但无人接听。

她不能出错。作为刚从学校毕业的新人，未来几年她还需偿还助学贷款……

"非常抱歉……"

当她抬起头时，黑衣男人已不见踪影。

而市政厅七楼的走廊上，出现了三个穿着黑色正装的男人——不知何时，黑衣男人的数量由一个变成了三个。

在市长办公室隔壁的会议室里，一场重要的会议正在召开。会议室的门上贴着一张纸，上面写着：

卡尔莱昂市改革会议

　　两年前当选市长的穆拉诺先生，正试图推行大规模改革，将卡尔莱昂打造成一座全新的城市。

　　在长会议桌旁，以穆拉诺市长为中心，围坐着十余位专家，而墙边则坐着神情紧张的工作人员。

　　琵琶的爸爸拿起麦克风站了起来。

　　"各位专家，感谢你们提出的宝贵意见。接下来请市长致辞。"

　　市长挺直高大壮硕的身躯起身。他一边系西装扣子，一边装腔作势地开口："卡尔莱昂自古以来就是一座不断发展的工业城市，我市制造的产品在世界各地获得了广泛认可。"

　　一位年长的专家赞许地点了点头。

　　"然而，时代的变革给这座历史悠久的城市带来了不可避免的冲击 ——卡尔莱昂必须重生。"

一位留着长发的年轻男人也点了点头。

"目前最严峻的问题是长时间劳动。随着技术的进步，许多工作已无须依赖人力完成，但卡尔莱昂市未能跟上时代的浪潮。人们从早到晚劳作，但无论多么努力，生活都得不到改善！"

一位戴眼镜的优雅女士点头认同。

"我们必须做出改变。摆脱旧有的束缚，将那些可以由机器或计算机完成的工作交给它们。唯有如此，人们才能过上更丰富充实的生活，这座城市才能存续下去。"

在市长的示意下，屏幕上出现了一张图表。

"这是卡尔莱昂市的改革日程表。"

一张横向排列的年历上记录着未来五年的改革计划。

根据计划，政府将吸引大企业投资，开发旧城区，实现工厂自动化作业，借此让城市财政从赤字转为盈余，并实现持续增长。

"稍等一下，我可以发言吗？"

一位年长的专家颤巍巍地举起手。

"请讲。"

"那个……改革之后，工匠们的工作该如何安排呢？"

市长似乎早已预料到会有人提这个问题，他看向琵琶的爸爸，说道："施密特先生，请您答复一下。"

"您不必担心。随着改革的推进，工匠们的工作强度会降低，他们将有更多的时间陪伴家人、享受生活。改革还能减少过劳引发的疾病，进一步提高经济效率。"

年长的专家嘟囔了几句，将双手放回膝盖上。市长转而看向工作人员，问道："谈判进展如何？"

一位戴眼镜的、身材瘦削的工作人员战战兢兢地站起来说："这个……实在难以启齿。"

"怎么了？"

"我们很难集齐大家的签名，目前陷入了困境……"

"困境？什么意思？"

"也就是说，嗯……反对改革的工匠比预想的要多……"

市长的脸色顿时变得惨白。

"这个结果会严重影响你们的绩效，你明白我在说什么吗？"

工作人员低下头，脸色煞白。另一位脸蛋红扑扑的、身材肥胖的工作人员赶紧站起来说："非常抱歉。我们正在加紧收集签名，但劝说工会需要时间，要收集过半数的签名还需要……"

"你们这套说辞已经用了好几个月了吧？"

"您说得对。只是工人们担心改革会让他们失去工作……"

市长的脸瞬间涨得通红。

这时，会议室的门被敲响，秘书探进头来。

"市长。"

"什么事？"

"有几位先生想见您。"

"我不是交代过，这场会议非常重要，我任何人都不见吗？"

"是的，我知道，可是……"

"可是什么？"

"他们说知道推进改革的方法。"

秘书身后，站着三个身着黑色正装的男人。

三人长得几乎一模一样，仅凭外表难以区分。他们都有一头三七分的乌黑头发，脸型方正，眼睛、鼻子和嘴如同用笔和尺画出来的一样。他们的领带、鞋子、衬衫和公文包都是清一色的黑色。中间的男人递出一张全黑的名片。

六边形标志下面仅写了公司的名称。

市长接过名片，抬头看向黑衣男人。

"我是记忆连锁公司的代理人。"

"很遗憾，我们这里不是商业机构。如果您对改革感兴趣，我会让相关负责人稍后联系您……正如您所见，我们正在召开一场十分重要的会议。"

中间的男人微微睁开细长的眼睛，说道："穆拉诺市长，恕我冒昧，目前您的改革方案推进得似乎不如预期的那般顺利吧？"

市长不悦地抱起胳膊，答道："改变一座历史悠久的城市，总要经历阵痛。"

"您说得没错。市长高瞻远瞩，但民众还需要时间来理解您的苦心。"

"嗯。"

"您在努力改变这座城市。然而，那些被旧观念束缚、害怕改变的人，很难被轻易说服。"

"确实如此。"

中间的男人直视着市长的眼睛，继续说道："请务必允许我们向您提出推进改革的方法。"

"哦？"

市长虽然对这个来历不明的不速之客感到不满，但无法忽视他刚才的那番话。

"好吧……让我听听你们的想法。"

改革会议就此中断。

✿

琵琶的爸爸和其他工作人员站在墙边，市长转向三位黑衣代理人，说：

"那么……推进改革的方法是什么？"

中间的男人沉默地点了点头，朝左边的同伴使了个眼色。左边的男人操作着平板电脑，将画面投到会议室屏幕上——不知何时已完成设备连接。右边的男人则开始飞快地敲击键盘，似乎在记录。

"请看我们独立开展的舆论调查的结果。"

屏幕上是一张由黑白两色组成的饼图。

"赞成，23.5%。反对，73.5%。其他，3.0%。"

市长挑了挑眉毛。

"这些数据是从哪里来的？"

市长转头瞪着工作人员，大家都缩着脖子摇了摇头。

中间的男人面不改色地继续说道：

"这是我们用独特的方法计算出的结果。照此下去，推进改革将非常困难……"

"这我当然知道。"

"您不必担心。所谓少数服从多数，不过是声音小的人听从声音大的人的意见而已。"

"你到底……想说什么？"

"我想说的是，人们的想法可以被改变。"

"哦？"市长稳住心神，调整了一下呼吸，"我非常想听听……你的办法。"

中间的男人也像市长刚刚那样，沉默了片刻。

"我们将消除这座城市的回忆。"

"消除……回忆？"

"是的，也可以理解为消除记忆。"

市长半是无奈半是失望地靠在椅背上。

"你是说要让这座城市的所有居民都失去记忆吗？"

"不，我并不是要消除大家的记忆，而是改变他们对过去的认知。"

"说具体点儿！"

左边的男人操作着平板电脑，会议室屏幕上显示出卡尔莱昂市的历史。

"卡尔莱昂因为制造业而得以发展。"

屏幕上地图和影像交替出现，以十年为单位回溯着卡尔莱昂的历史。

"曾几何时，这座城市制造的产品在全世界得到了高度评价。"

"这些我都知道，毕竟我是这座城市的市长。"

"您真的……知道吗？"

"你什么意思？"

"市长您接触过卡尔莱昂市以前制造的产品吗？"

"我父亲曾经是一位工匠。至于卡尔莱昂以前制造的产品……虽然现在只能在文献记录和博物馆里见到，但它们品质卓越，众所周知。"

"这就是关键所在。"

"你说什么是关键？我完全听不懂你在说什么。"

"卡尔莱昂以前制造的产品品质卓越这件事，只停留在人们的认知中。换句话说，这只是人们脑子里的一个想法而已。"

"你说的话连傻瓜都明白。"

"不，您还没明白我在说什么。其实，这座城市所珍视的、试图保留的东西只存在于人们的认知里。"

"嗯。"

"那么请问市长，如果改变了这些认知，会发生什么呢？"

"说具体点儿！"

"市长您刚才也说了，您只能通过文献记录和博物馆了解这座城市曾经制造的东西。"

"这不是明摆着的事吗?"

"这就是关键所在。"男人加重了语气,"这里的居民都认为卡尔莱昂市曾经制造过出色的产品。但实际上,他们既未亲眼见过,也未亲手触摸过——他们只是在脑子中不断加深这个历史认知而已。"

"那又怎样?不对,或许正因如此,改革才难以推进吧?"

男人趁机继续说道:"改革之所以受阻,正是因为在人们的脑子里存在'过去更好'的执念。这个执念阻碍了改革,让人们的思维停滞,被过去束缚。我们只需逐步、切实地改变人们的认知,改革便能顺利推进。"

"哼,你是说要篡改历史吗?在当今时代,这种事根本不可能做到。"

中间的男人脸上浮现出一丝淡淡的笑意。

"不,当然有可能。"

"你就是新来的吧？"

从爷头的房间出来后，琵琶看到一个比自己年纪稍长一些的少年。他浓眉大眼，垂在尖耳朵上的栗色头发轻轻晃动着。

他穿着黄色工装，像是刚跑过来似的，气喘吁吁地露出灿烂的笑容。

"我叫托克，托克·比内马亚。很高兴认识你！"

"我叫琵琶……琵琶·施密特。请多多关照。"

琵琶低头向托克行礼。

托克笑着说："我从祖奇先生那里听说了你的事。你是凯泽·施密特的外孙女，对吧？太厉害了！欢迎来到阿西托卡加工所。我马上带你参观。"

托克就像一个吸收了充足的阳光的水果，活力四溢。琵琶感觉自己的心跳不由得加快了。

"我们从仓库开始参观吧。"

两人乘电梯来到一楼，中央大厅里全是工匠。

"现在正好是休息时间。今天吃不到蜜丝做的戚风蛋糕了，先忍一忍，忍一忍！"后一句话像是托克对他自己说的。

他带着琵琶走向建筑正面左手边的走廊。大厅里的工匠们一边吃着盘子里的蛋糕，一边交谈。

"蜜丝做的蛋糕是最好吃的。"

走廊里洒满了从天窗透进来的阳光。

琵琶追上托克，问："大家在这里……制造什么东西呢？"

"什么都有。我们这里专门承接修理业务。"

"修理？"

"啊，正好到了。"

走廊的尽头是一片开阔的户外空间。几辆卡车停在那里，强壮的男人们正从卡车里搬运木箱和麻袋。

"世界各地难以修理的东西都会被送到这里来。我们的工作就是把它们修好，让它们恢复原状。"

一个正在搬运货物的男人拍了拍托克的肩膀，笑着打趣他：

"你的工作！托克，你可真是出人头地了呢！"

"烦人！虽然我现在还是见习工匠，但很快……"

男人们豪爽地大笑起来，一边挥手喊着"加油哟！"一边继续搬运货物。

托克不好意思地挠了挠头，继续向前走去。

"货物都会被运到这个仓库。我们要确认物品是什么，以及它们被送来的时间和寄送地址。"

这是一个和小学体育馆差不多大的空间，里面堆满了木箱和麻袋，货物被分门别类地放在传送带上，送往其他地方。

琵琶看到了罗诺——那个长着老鼠脸的男人，只见他从货物里取出一封信，扔进从天花板垂下来的一个篮子里。篮子上系着绳子，罗诺拉动绳子，篮子便缓缓地升向天花板。

"那是物品主人的信。爷头会一封一封地读。"

"所有的信都读？"

"是的，爷头总说，我们修理的不是物品，而是物品主人的回忆。所以，这里也叫回忆修理工厂。"

"回忆修理工厂……"

"我们去下一个地方吧。"

两人离开仓库，沿着走廊继续往前走。

"现在是最忙的时候。到了年底，人们总会回顾很多事情，对吧？所以我们的工作量也会相应增加。相反，在没有时间回忆的夏天，我们这里就会清闲些。所以我们会利用那段时间休假。嘿嘿，明年夏天去哪里好呢？"

托克在仓库隔壁的一间屋子前停下脚步。

"这里就是分解室。从明天开始，你就要在这里工作。"

分解室大概有仓库的一半大，看起来很像机场的行李领取处。从仓库延伸过来的传送带在这里被分成了好几条线路。

"送来的物品会在这里被分解、分类。这是新人一开始必须学会的一项工作。我之前也在这里待过一段时间。看，就是这样。"

托克带着琵琶走到一个褐色皮肤的少年身后。这个穿红色工装的少年正在拆一个闹钟。它的闹铃脱落了，摆锤也断了。少年用镊子小心翼翼地取出闹钟里的发条和齿轮，将它们整齐地摆在桌上。

"哪怕丢失一个零件，也会造成不小的麻烦。做这项工作必须全神贯注。"

琵琶偷偷看了一眼托克。他说这些话时，眼睛亮闪闪的。

"有一次，我不小心打了个喷嚏，把一个零件吹跑了。当时我真的急坏了。在找到它之前，我根本吃不下饭、睡不着觉。直到大半夜终于找到它的那一刻，我才彻底松了一口气。"

沉浸在回忆里的托克突然看向琵琶。

琵琶急忙移开视线，脸颊微微泛红。

"怎么了？"

"没什么，对不起……"

托克对琵琶笑了笑，继续往前走。

房间里堆满了各种各样的东西：收音机、时钟、烤箱、取暖器、熨斗、打字机，还有鞋子、衣服和配饰。这里仿佛汇聚了日常生活中的所有物品。

他们又回到了中央大厅。在这座横长的建筑中，无论人们从哪个方向来，都会经过这个大厅。太阳西斜，柱子在光滑的地面上投下长长的影子。

"好了，接下来我们去二楼。那是我工作的地方。"

两人走进电梯。这栋建筑似乎还有地下室，琵琶刚才去爷头的房间时并没有注意到这一点。

二楼空间十分宽敞，除了柱子外，没有任何隔断。木制的工作台密密麻麻地排列着。

工作台上堆满了各式各样的零件，锤子的敲击声和电钻的嗡嗡声此起彼伏。

"这里是工匠工作区。在分解室拆分好的零件会被送到这里进行修理和重新组装。有时候工匠也会重新制造零件。"

托克压低声音，把食指竖放在嘴唇上，示意琵琶放轻脚步，然后带领琵琶在工作台间穿行。工匠们戴着单片放大镜，专注地盯着零件。

琵琶小心翼翼地走到一位工匠身后。这位工匠剃着光头，穿着蓝色工装，正弓着腰对着工作台。

他手里拿着一双破旧不堪的皮靴。那是一双深棕色的及踝靴。

那双靴子像蔫了的蔬菜一样软塌塌的，鞋头已经脱皮了，鞋底和鞋面也裂开了。

这位工匠正在更换鞋底。他那布满老茧的手指上沾满了白色粉末，指甲像瓶底一样又厚又硬。他手里的钉子又细又小，似乎呼吸稍重些就能将它们吹跑。他小心翼翼地将钉子一枚一枚地钉入鞋底，几十枚钉子形成了优美的曲线，发出淡淡的光芒。

"他是专门修鞋的工匠，爷头的鞋也是他修的。"

时间仿佛停滞了。

琵琶的心扑通扑通地跳着，她的手指跟随工匠的动作动了起来。她的脑海里浮现出自己穿着蓝色工装伏在工作台上的身影。

"托克。"

听到有人叫托克，琵琶才回过神来，发现祖奇正朝这边走来。

"祖奇先生，您辛苦了！"

"都参观完了吧？从明天开始就拜托你了。"

"是的，我先从拆东西开始，对吧？"

"没错。那之后的事情我会再和爷头商量。琵琶，我先把这个给你。"

祖奇说着递过来一本手账。

"这是……"

琵琶接过这本纯色手账。手账的封皮是皮的，质地柔软，摸起来很舒服。

"这是工作日志。从今天开始，你要把所有事情都记在上面。记忆力非常重要。睡前读一遍，回顾当日的工作，第二天早上再读一遍。托克，你也在这样做吧？"

托克挺起胸膛，大声回答：

"是的！我已经写到第五十四本了！"

"不错不错。"

祖奇凝视着琵琶的眼睛。

"要坚持每天晚上写。人刚做完一件事能记住八成内容。到睡前记忆就只剩五成。等到第二天早上醒来，又会忘记一大半。所以一定要在睡前阅读回顾，梳理记忆。那就这样吧，再见！"

祖奇说完，挥了挥手，朝电梯的方向走去。

"祖奇先生真的很厉害。他什么都记得——什么货物到了、有多少件、需要怎么修，他全都记在脑子里。他甚至能未卜先知，指出我们遗漏的东西。"

琵琶低头看了看手账，封面上印着"P.S."的字样。

"琵琶·施密特，上面是你姓名首字母的缩写。琵琶，请你多多关照！"

托克向琵琶伸出手。

琵琶红着脸和他握了握手。

"嗯！请多多关照！"

不知不觉，太阳已经落山了。

"肚子饿了吧？我们去吃晚饭吧。"

两人下到一楼，穿过中央大厅，朝着与仓库相反的方向走去。

"这里是食堂。早餐、午餐、晚餐，还有茶点，都在这里吃。"

食堂里摆放着数不清的桌子。工匠们一边谈笑，一边围坐在一起享用晚餐。从食堂可以看到厨房。在那里，刚出炉的食物冒着热气，烤肉的香味一阵一阵地飘出来。

托克帮琵琶取来托盘和餐具，两人排在打饭的队伍后面。拿到饭菜后，他们找到一张空桌子，面对面坐下。

晚餐是炭烤厚切牛排，每个人都配了堆成一座小山似的土豆泥。例汤是味美可口的黄油洋葱汤，喝上一口浑身都会充满力量。

"托克，你为什么在这里工作呢？"

"那还用说！当然是梦想有一天能在爷头手下工作啊！这里的每个人都这么想，而且我还想有自己的工坊。实现这个梦想也许要几年，也许要几十年。琵琶，你不是这样吗？喀喀……"

托克被烤牛排卡住了喉咙，咚咚地捶着胸口。

"我……其实……"

我来这里只是想修好外公的遗物，琵琶心想。不过她感觉自己无法将这句话说出口。

"喀喀，喀喀……你想说什么？"

咽下肉块后，满脸通红的托克盯着琵琶的脸问道。

"没有……没什么。"

琵琶低着头，垂着眼，大口吃起了土豆泥。

晚餐过后，琵琶洗了个澡，然后走向食堂旁边的寝室。

木制的双层床一直排到房间的最深处。有人已经入睡，有人在小声谈笑，还有人围坐在一起打扑克。充实地工作了一天后，此刻大家都在寝室里享受属于自己的休闲时光。

琵琶的床就在托克的隔壁，两床之间还特意装了帘子。

托克洗完澡后爬上床，一边用毛巾擦自己蓬乱的头发，一边打了个大大的哈欠。

"好了，最后的工作就是写日志。我已经写完了……啊呜……晚安了……"

话音刚落，托克就打起了呼噜。

琵琶翻开祖奇给她的手账，开始回忆今天发生的事情。

自己被祖奇带到了"这边的世界"。

"这边的世界"与自己所居住的"那边的世界"的时间不同。

阿西托卡加工所又被称为"回忆修理工厂"。

阿西托卡加工所接收从那边的世界送来的损坏的物品。

弗里茨需要自己亲手修理。

自己被允许在这里工作，从明天开始将在分解室工作。

蜜丝做的戚风蛋糕似乎非常味美可口。

当琵琶抬起头时，寝室的灯光早已暗了下来。工匠们的呼吸声此起彼伏，充满整个房间。琵琶在手账上写下最后一句话：

我想成为像外公一样的工匠。

她合上手账，沉沉地睡去。

✿

　　琵琵跟着祖奇来到这边的世界的第二天，是那边的世界——琵琵原本所在的卡尔莱昂市的午夜时分。妈妈正焦急地等着琵琵的爸爸回家。爸爸平常会在固定的时间回家，但这次却过了午夜还没有回来。

　　终于，不远处传来轮胎摩擦石板路的声音，汽车在房子前停了下来。

　　"抱歉，我回来晚了。"爸爸打开家门，他看起来有些憔悴。

　　"你回来了。怎么这么晚才回来？发生什么事了吗？"

　　在爸爸身后，有一辆黑色的汽车和三个穿着黑色正装的男人。他们衣服与夜色融为一体，远远看去，像是三张方脸飘在空中。

　　爸爸回头向他们鞠了一躬："谢谢你们送我回来。"

　　中间的男人也向琵琵的爸爸鞠了一躬。

　　"我们静候佳音。"说完，他抬起头，露出一个冰冷的微笑，"让我们一起将改革推行下去吧！"

　　很快，男人们开着车消失在夜色中。

　　"老公……"

　　"啊，嗯。"

　　琵琵的爸爸呆呆地目送汽车离去，听到妻子喊他，才回过神来。

"别感冒了，快进屋吧。还有……琵琶有点儿不对劲。"

"琵琶？"

"是的。昨天她在爸爸的工坊里睡着了，早上我带她去了医院，让她在家歇了一天……"

墙上的挂钟响了，此刻是凌晨一点。

这个挂钟被这栋房子的前主人凯泽修理过多次。

两个长靴形状的红色马克杯里冒着热气，里面盛着加了草药的热红酒。这是卡尔莱昂冬季的特色饮品。

"琵琶的情况怎么样？"

"她在楼上睡觉。医生说没什么大问题，大概是心理受到了打击，建议周末好好休息。"妈妈垂下目光，看向自己的膝盖，"琵琶全身都是擦伤，所以我联系了学校。结果穆拉诺先生的夫人捧着一大堆点心赶来，不停地向我道歉。"

"市长夫人？"

"嗯。听说琵琶和莉娜吵架了。她们在钟楼广场争夺我爸爸做的玩偶时，琵琶摔了一跤……"

"所以她才去了工坊……"

"是的。而且从医院回来后，她一直昏昏沉沉的。"

"医生不是说没事吗？"

"嗯，但是……她看起来一副神情恍惚、失魂落魄的样子。我担心她是不是……遭到了霸凌……"

"和她起冲突的是莉娜？她们俩以前不是关系很好吗？再说，市长的女儿怎么可能……"

"嗯……可是……"妈妈抬头望向二楼，"琵琶以前每天都去找外公一起玩……我想她在交友方面可能不太顺利。"

"岳父还是在那种情况下去世的……"

"是啊……琵琶说她完全不记得那时的事了……"

"也许正因如此，她才无法接受岳父的死……"

"话说回来，你们今天的会开得怎么样？"

"啊，就是……刚才那些人……"

"嗯。"

"他们今天在会议中途闯了进来，说有推进改革的方案……"

"不会有问题吧？我总觉得……那些人有点儿……"

"我一开始也这么觉得，可是……"爸爸抿了一口红酒，回想起白天会议室里的场景。

❁

"我们会帮助人们保管他们的记忆。"中间的男人用沙哑的声音说道。

"什么？"市长皱起了眉头。

"你是说……不是消除，而是保管？但这两件事不是正好相反吗？"

"不，本质是一回事。人们的生活都要从过去向未来延伸，但在这个过程中，人们却在不断地回顾过去。人们被日益堆积的回忆淹没，甚至无法思考未来。"

"你是说，人们无法前进是因为被过去束缚了？"

"正是如此。所以我们要保管人们的记忆。"

"具体要怎么做呢？"

"我们会用一切手段……"

左边的男人在平板电脑上轻轻点了一下。

会议室屏幕上立即出现了一个六边形框架，它不断自我复制并向四周扩散，最终形成蜂巢结构。

照片、视频、日记、生活数据、社交关系、工作网络……各种信息接连展开，又逐渐聚合、重叠，最终变成记忆连锁公司的标志。

"人们会在互联网上记录往事，但每天回看的人又有多少呢？大多数人写完就忘了，甚至不再回头看。如果我们帮助他们保管这些记忆，那些被过去束缚的人就能安心地忘掉过去，只考虑眼前的幸福。"

大家陷入了漫长的沉默。

"这是计划书……里面有具体方案。"男人将一张纯黑的存储卡放在桌子上，"计划必须精准执行。现在这里……有合适的执行人选吗？"

市长思考了一会儿，将跷着的二郎腿上下换了一下，转头望向琵琶的爸爸。

"施密特先生。"

"是，是。"

"我想任命你为……这个提案的调研负责人。"

黑衣代理人露出冰冷的笑容，缓缓转头看向琵琶的爸爸。

"如果从人们那里拿走记忆，让他们只专注于当下，那么未来就会按照我们的意愿发展。"

✿

不知何时，热红酒已经完全变凉了。

"你要……负责那个计划吗？"

"不，现在还不确定。只是让我先研究一下，然后在下次会议上汇报。"

"这听起来……有点儿可怕呢。"

"嗯。不过，我觉得他们的话也有一定的道理。这座城市太执着于过去的传统了，这样下去，会被时代抛弃的。"

"嗯。"

"而且……"琵琶的爸爸抬头望向二楼，"我也不希望琵琶困在和岳父的回忆里，我希望她向前看……"

　　"是啊……"

　　妈妈望着天花板，轻声附和道。

"琵琶！起床啦！"

琵琶被托克充满活力的声音叫醒，这才发现自己竟抱着手账睡着了。房间里很昏暗，天似乎还没亮。

"在这里需要早起。不过，你很快就会习惯的。"

"早上好，托克先生。"

"你叫我托克就好啦。'托克先生'听起来太别扭了。"

工匠们已经开始麻利地叠毯子，换工装。琵琶打开床边的储物柜，里面放着一套红色工装和一双靴子。

衣服和靴子的大小正好合适，但靴子很重，琵琶穿上后抬脚都费劲。

"这是安全靴，鞋头里包了铁板。万一有东西砸下来或者你不小心踩到钉子时，它能起到保护作用。你很快就会习惯的。新人总会遇到各种状况，给你分配红色工装是为了让你看起来更显眼。修习期结束后，你就可以换上黄色工装了。等你通过工匠考试，正式成为工匠后，就能穿蓝色工装了。"

托克一边系黄色工装的扣子，一边羡慕地看着穿蓝色工装的工匠们。

"工匠考试？"

"对。我们会得到一个任务，然后由爷头来评判我们的技艺，决定我们是否有资格在这里工作。不过，这还是一件很遥远的事情呢。"

"如果考试没通过会怎么样？"

"那就不能在这里工作了。在这里，实力至上。工匠的世界可是很残酷的。"

"这样啊……"

琵琶摇摇晃晃地走着，感觉自己像是来到了重力加倍的星球。

"对了，这是工具包。我从罗诺那里拿过来的。"

托克放下一个单肩包。

"里面都是在分解室会用到的东西，笔、手账、螺丝刀和镊子之类的。"托克咧嘴一笑，竖起大拇指说，"那……你加油哟！先去吃早餐吧。吃饱后再去分解室，罗诺会教你的。"

说完，托克便大步跑开了。

"螺丝刀和镊子，还有笔和手账……啊！"

琵琶说着翻开皮质手账，紧接着发出一声惊呼。

昨晚写下日志的那页的背面，竟然有一段回复。

欢迎来到我们的工厂。

从今往后，你每天都要把当天发生的事情、学会的东西、思考的内容写下来。

你不要想着之后再写。我白天说过，人在刚做完一件事后，会立刻忘记两成，到了晚上会忘记五成，而到了第二天早上则会忘记八成。

在忘记之前，抓紧写下来，然后记住它。工作时，最重要的事情就是把所有内容记下来，并且牢记于心。

记忆力非常重要。

先这样吧。

祖奇

这难道是祖奇在夜里写下的？

可是，手账明明一直都在自己怀里啊。

琵琵百思不得其解，她抱着手账跑了起来。可由于脚上的靴子太重，她跑得像企鹅一样摇摇晃晃……

同一时间——

爷头的房间里，祖奇和爷头正在开晨会。祖奇将咖啡喝得啧啧有声。

"我从罗诺那里听说了……退货量是原来的三倍，三倍啊。"

"祖奇，你又夸张了。我听说只有两倍。"爷头吐出一口白色的烟雾，若有所思地说，"总之，肯定出了什么问题。"

祖奇抱着胳膊，盘着腿坐在椅子上。

"确实，有些东西修理起来比较耗时，送来后我们花了半年甚至一年时间，可是修好送回去后，对方却说自己没有委托过，又给退了回来。这有些奇怪啊。"

祖奇不安地抖着腿，椅子发出嘎嗒嘎嗒的声音。

爷头随手拿起咖啡杯，送到嘴边。

"时代在不断变化。没办法，怎么都得完成工作，我们还要接手凯泽留下的工作。"

"委托凯泽修理的东西我都收回来了，都是些很难修的东西。爷头，那些东西就拜托您了。"

"唉！真希望能交给年轻人去做，但有才能的年轻人不多啊。"

"凯泽的外孙女从今天开始在这里工作。"

"凯泽……是怎么回事？"

"琵琶说她不记得了。"

"这样啊。"

"我正在调查这件事。"

"对了，祖奇，凯泽最后修理的东西……"

"我还没弄清楚。"

"唉，真伤脑筋啊。"

爷头靠在沙发上，环顾房间。

"祖奇……"

"什么事？"

"我总觉得凯泽……还在我们身边。"

"也许吧。"

"用你的话说，一言难尽啊，祖奇。"

"是啊，一言难尽。"

就这样，晨会结束了。爷头走到工作台前开始工作，祖奇离开了房间，不知去向。

吃完早饭，琵琶朝分解室走去。

"琵琶小姐，早上好。今天是第一天工作吧。昨晚睡得好吗？"

罗诺——那个长着老鼠脸的男人，抱着胳膊站在琵琶脚边。

"早上好，我睡得很好。"

"睡眠不足是创造性工作的大敌。这是爷头说的。"

罗诺微笑着，让琵琶坐在离入口最近的位置。

"手账你带来了吗？"

"啊，带了。这是祖奇先生给我的。"

琵琶从包里拿出手账。

"这是工作日志，有些工匠叫它'祖记'。你不用在意它叫什么，尽管随意书写。如果写完了，我会马上发一本新的给你。"

"我昨晚睡前写了一些，然后……"

"哦，那是祖奇先生的回复。祖奇先生能看到你在日志里写的内容，他会回复你。别偷懒哟。在这里工作的工匠都通过这种方式学到了很多东西。当然，我也不例外。"

"祖奇先生每天晚上都会给工厂的所有人回复吗？"

"怎么可能！你知道工厂里有多少人吗？祖奇先生只给新人回复。不过，他很容易厌倦，一旦他觉得你写的东西没意思，就不会再回复了。但他如果觉得某个新人有潜力，也可能一直回复下去。得到祖奇的回复可是很荣幸的事情。所以，你可以把这当成一种奖励。要好好努力哟，加油！"

"好的。"

"马上就要响铃了。琵琶小姐，你负责的第一件物品马上就会运过来。"

琵琶眼前的桌子大概有她所在小学的游泳池那么长。

"等物品运到你面前，你要逐个拆解。绝对不能弄丢零件！送到这里的物品大多是几十年前制造的，几乎没有可替换的零件。"

听罢，琵琵有些不安。

罗诺仿佛看穿了琵琵的心思，微笑着说："不用担心，分配给新人的工作不会太复杂。"

琵琵感到嘴巴发干。

"把所有零件拆下来后，你要记录下数量和种类。如果零件数量和记录对不上，进行下一道工序时就会发生混乱。"

罗诺刚说完，铃声就响了起来。

"好，时间到了。那么，加油吧！"

目送罗诺快步走出房间后，琵琵坐到椅子上，挺直腰杆。

传送带将一个由厚纸板制成的箱子送了过来。

琵琵能清晰地听到自己的心跳声。

终于，她要开始人生中的第一份工作了。

琵琵打开箱子，里面是一个用油纸包着的东西，外面还绑着麻绳。绳子绑得很紧，很难解开。

周围的人都在默默地做着自己的工作。

琵琵费了好大的劲，终于解开了绳子。打开油纸后，琵琵发现里面还裹着一层报纸。报纸上的文字似乎并非本国的语言。

报纸里面是一个木盒子。

"哇——"

是一个八音盒。

琵琶打开八音盒的上盖，看见玻璃板下铜色的圆筒泛着淡淡的光芒。无数凸起环绕筒身，梳子般的簧片与齿轮清晰可见。圆筒和簧片上，锈迹如叶脉般蔓延开来。

琵琶拉开八音盒底部的双层抽屉，里边有一个棕色的信封。

她效仿罗诺在仓库的做法，把信件放到从天花板垂下来的篮子里，随后拉动绳子。

篮子被缓缓地拉进天花板上的洞口。

"爷头会很快读到这封信吗……"

琵琶自言自语道。她把八音盒翻过来，看到四个角上有螺丝孔，于是用螺丝刀小心翼翼地拧下螺丝，并用镊子将它们整齐地摆放在托盘上。

随后她拿起钳子，轻轻一用力，只听咔嗒一声，底板被卸了下来。接着，内层底板也被卸下，八音盒的机械装置露了出来——上面布满锈迹，琵琶稍不留神就可能折断零件。

汗水不断从琵琶的额头滴落。

"把所有零件拆下来后，你要记录下数量和种类。"

罗诺的叮嘱在琵琶的脑中回响。

她翻开手账，开始数零件，却怎么也数不清。她脑子里乱成一团，根本无法正常工作。焦急不安的琵琶不得不一次次重新开始。

铃声响了。

大家纷纷起身，陆续走出房间。阳光洒进屋内，太阳已经升得很高了。

琵琶这才惊讶地意识到，不知不觉几小时过去了。

"嘿，琵琶！"

琵琶抬头，看到托克在门口向她挥手。

"喂！午休时间禁止工作。吃饭啦，吃饭啦！"

琵琶慢吞吞地跟着托克走出去。

"毕竟你是第一次做这种工作嘛，不可能一下子就做好的。"

两人排在长长的队伍的末尾。

今天的午餐是奶油蔬菜炖鸡。擦得闪闪发亮的餐盘里盛着差不多半只鸡，上面浇满了白色奶油汤汁。

西蓝花、花椰菜、迷你胡萝卜和青豆堆得快要从盘子边缘掉出来了。

主食有四种面包可供选择。托克拿了一个刚烤好的牛角包和一个法式圆面包，琵琶则只拿了一个看起来松软可口的白面包。

"不好好吃饭可不行。"

他们找到一处阳光充足的座位，面对面坐了下来。

"别担心！大家一开始都要去分解室磨炼。毕竟整理零件是这份工作的基础……"

"我完全……做不好。我虽然把东西拆开了，但数零件的时候根本没法集中注意力……"

"我第一次做的时候也是这样。我当时拆的是一台旧收音机，结果一不小心剪断了连接扬声器和放大器的电线……"

"谢谢你……托克先生。"

"我不是说过叫我托克就好吗？快点儿吃吧，下午的工作时间就要到了。"

"好的……我会试着去做。"

"不管做什么，不去尝试就无法进入下一个阶段。爷头常说'先动手，再思考'。祖奇先生则常说'动手前要先想好'。他们说的完全相反，让人不知怎么做才好。"

午休时间转瞬即逝，琵琶回到分解室继续下午的工作。下午茶歇时间，托克又过来看了看琵琶，但当时琵琶正在全神贯注地与零件"搏斗"，根本无暇他顾。

不知不觉，暮色降临。琵琶垂头丧气地走出分解室。

"工作了一整天，辛苦了。"罗诺抬头看向琵琶。

"对不起……我连一项工作都没完成。"

"第一天都是这样的。"罗诺若无其事地微笑着说，"重要的是，不要因为觉得自己'本该做到'而懊恼，要去思考自己没能做到的原因。"

"是……"

琵琵没有吃晚饭，直接回到寝室。

她依旧既懊恼又不甘，心乱如麻。

她翻开手账，拿起铅笔。

今天是我在分解室工作的第一天。

我成功地把八音盒拆开了，但整理和清点零件的工作却做得一团糟。

眼看时间一点点过去，我只能干着急。

看到周围的人都进展顺利，我觉得自己简直一无是处。

整个下午，我拼尽全力却连一项工作都没完成。我很不甘心。

第二天早上，工作日志的下一页出现了祖奇的回复。

清晨微凉的空气让琵琵不由得打了个寒战，她裹着毛毯，仔细阅读祖奇先生的回复。

工作八成靠整理。

人总是会想很多事，天生就善于思考。思考本身不是坏事，但想得太多大脑就容易混乱，所以学会整理思绪至关重要。

我教你一个好方法。首先，试着把眼前的问题（或任务）逐个写下来。在这个过程中，你无须思考，只需要心无旁骛地书写，要一次性把所有问题都写在纸上。

接下来，仔细浏览这些问题，并开始整理。诀窍是归类，即把相似的问题归并到一个类别中。

假设你面前有一百个问题——光是想到有一百个问题，就足以让人陷入混乱、大脑停摆。但仔细观察后，你会发现其中很多问题本质相似。分类整理后，一百个问题往往能缩减成十个问题。如果你觉得十个问题还是太多，可以进一步整理。这就是整理的意义。

另外，不要和别人比较。

琵琵，你会不会把自己和爷头比较？普通人常常只会与自认为和自己水平相当的人比较，这其实是自卑的表现。再没有比自卑更没有意义的事了。如果非要比较，你不妨直接和爷头比。

最后，我给你一个建议：欲速则不达。越急的事情，越要慢慢做。不急的事情，反而要快快做。

　　请继续加油！

祖奇

　　琵琶感觉内心有光在闪烁。

　　她换上工装，冲进食堂，咬着面包就往分解室跑去。托克和其他工匠目瞪口呆地看着她的背影。

　　当琵琶来到中央大厅时，恰好看到一个穿着白色睡裙的少女从电梯里走出来。少女注意到琵琶，停下脚步，一双清澈的蓝色大眼睛望了过来。她栗色的短发微微颤动，笔直的鼻梁下，紧抿的薄唇给人一种她很有主见的感觉。

　　"唔唔唔。"

　　琵琶的嘴巴被面包塞得满满的，说不出话来。

　　少女咯咯地笑了起来，用澄澈的声音问道："你是谁呀？"

　　琵琶看着少女美丽的面庞出了神，一口咽下面包。

　　"怎么了？我脸上沾了什么东西吗？"

　　少女的声音如银铃般清脆动人。

　　"呃……那个，我叫琵琶。我刚开始在这里工作。"

　　"哎呀，是这样呀！"少女上下打量了一番琵琶，双手叉腰问道，"你几岁了？"

"唔……十岁。"琵琵回答。

"哎呀，你还是个小不点儿呢！"少女用成年人的语气说道，"那你要加油哟！"

说罢，少女就跑开了，身上的白色睡裙飘了起来。

铃声响起，上午的工作开始了。

琵琵面前运来一个比昨天稍大一点儿的木箱。

里面装着一台老旧的晶体管收音机。琵琵轻轻地把收音机放在桌子上，将它翻过来，确认螺丝的位置。

"外侧有四个螺丝。"

她在手账上写了下来。

她瞥到一旁的少年正在麻利地拆卸一个时钟。

琵琵想起了祖奇先生的话："不要和别人比较。"

琵琵小心翼翼地打开收音机后盖，看到电池槽和电路板之间连着一些蓝色、绿色、黄色和红色的电线，而电路板和扬声器之间则用铜线连接。

"工作的基础是整理……"

琵琵把零件一个一个拆下来，整齐地摆放在托盘上，并在祖记上认真记录。

有大中小三种螺丝、几根电线、扬声器、调频的调谐器、像蜘蛛腿一样的晶体管和圆柱形二极管……

总共有三十八个零件。

"把相似的东西归并在一起。"琵琶嘀咕着。

她看着清单和零件，开始归类：

大中小三种螺丝　十八个

（未连接的）电线　六根

（已连接的）电线　两组

扬声器　一个

电路板　两块

（已拆卸的）晶体管　四个

（已拆卸的）二极管　三个

调谐器　一个

电池　一节

清单一下子变得非常简洁明了。

三十八个零件现在已经被整理成了九组。琵琶参照祖记，将螺丝按大小排列好，把电线按颜色排列好，还把形状相似的晶体管和二极管放在了一起。

随后她在工作单上记下了零件的类别以及各自的数量。

"完成了……"琵琶松了一口气，她抬起头，看到其他工匠仍在专注地工作。

她感到自己就像被施了魔法一样。

昨天花了一整天都没完成一项工作，今天竟然一会儿就完成了一项。

"早上好，琵琶小姐。"罗诺抱着一摞工作单走了过来。

"早上好。"

"工作完成啦？让我看看……"罗诺边看托盘上的零件边对照工作单，会心一笑，"嗯……做得不错嘛。"

"谢谢！这是祖奇先生教我的……"

"工作八成靠整理，对吧？"

"是的！"

"祖奇先生对整理的热爱可不是一般人能比的。他甚至会擅自整理别人的桌子，我重要的东西还被他不小心扔掉过。"

罗诺无奈地耸了耸肩。

"好啦，下一项工作来了。"一个比刚才更大的箱子被运了过来。

琵琶深吸一口气，着手干下一项工作。

|第七章|蜜丝的戚风蛋糕

第二天早上，琵琵神清气爽地睁开双眼。

第一次完成工作的充实感在全身游走，她感觉自己像换了个人似的。

琵琵觉得自己找到了容身之所。她和托克越来越亲近，同屋的人也会教她各种技术。虽然大家都不是擅长与人交谈的人，但他们都是非常善良的人。

每日睡前，琵琵都会整理当天学到的东西和自己的想法，然后写在祖记里。神奇的是，每天醒来她都会清晰地知道今天要做的事。就好像在睡觉的时候，另一个自己出现并给出了解答。

祖奇每天早上都会回复她。

不要只对着工作台埋头干活。

光是坐在那里冥思苦想，不会有任何成果。每天的工作其实从你早上起床就已经开始，到你睡觉时才结束。你在走路的时候、吃饭的时候，都要不断思考你正在处理的工作。这样当你坐到桌子前时，就会对自己要做的事了然于心。

试着一点儿一点儿去做吧。

祖奇

一天下午——

琵琵和托克约好在下午茶歇时间碰面。下午第一项工作结束后，琵琵走出房间，看到托克正满脸笑容地等着她。

"看起来你已经适应了呢。"

"嗯嗯。不过我上午才勉强完成了五个……"

"能做到现在这样已经很好了。罗诺还说你学得很快呢。"

琵琵其实高兴得想跳起来，但她不知道该如何口头表达自己的喜悦，只好支支吾吾地说了句"哪里哪里"。

"好了，终于可以吃到蜜丝做的戚风蛋糕了！你只要尝一口就会停不下来，下午一定更有干劲。"

中央大厅里挤满了前往食堂的工匠们。

"啊！要是再不快点儿就吃不到了！"托克跑了起来，琵琵也急匆匆地跟在他后面。

进入食堂后，琵琵看到桌子被移到了四个角落，中央的大圆桌周围排着螺旋形的长队。

在队伍中心，响起了一个格外清亮的女声。

"哎呀！别挤！每人只能拿一份哟。"

"琵琵，快点儿！"托克溜到队尾，向琵琵招手。

"刚好赶上……"

托克伸长脖子往队伍中心看。

"好了！今天只有此刻在食堂内的人还有份！其他的人明天再来吧！"

女人的声音在食堂里回荡，后面传来一片叹息声。

"太好了！要是再晚一点儿就吃不到了。"托克眨了眨眼。

队伍缓缓向前移动，琵琵终于看到了中央的桌子。上面摆着一个个大得连成年人都无法合抱的戚风蛋糕。焦黄色的蛋糕冒着热气，旁边的玻璃容器里装满了金色的液体。

"今天我做的是加了很多核桃的蛋糕，可以配着栗子奶油和蜂蜜一起吃！"

"太棒了！今天真幸运！"托克握紧拳头，摆出胜利的姿势。

"蜜丝心情好的时候，就会给蛋糕配上奶油和蜂蜜。昨天做的是胡萝卜蛋糕。虽然味道也不错，但还是今天这个更好，对吧？"

核桃、栗子奶油，还有蜂蜜！琵琵的肚子咕咕直叫。

"好了！快点儿往前走吧！"

因为队伍呈螺旋状，琵琶一直没能看到声音的主人。

小麦的香气，还有蜂蜜和栗子的香气从队伍中心弥漫开来。

琵琶最先看到的是一双灵活纤细的手。女人随意挽起的袖子随着她的动作轻轻摇摆，她熟练地切下一块蛋糕，然后放下刀，用一把大木勺挖了满满一勺栗子奶油放到上面，再淋上蜂蜜，一系列动作流畅麻利。工匠们的额头被金色的蜂蜜映得发亮。

这是一位琵琶从未见过的美丽女子。她留着栗色短发，额头、鼻子、嘴巴乃至下巴的线条都极其优美，仿佛经过了工匠的精雕细琢。她穿着白色连衣裙，双腿修长，宛如羚羊的腿。

"好啦，小心别弄掉了！别浪费，要全部吃掉哟。"

蜜丝用清亮的声音叮嘱着，将切下来的蛋糕一一递给工匠们。

托克和琵琶终于排到了蜜丝面前。

"蜜丝，这是琵琶，她是新来的！"托克大声说道。蜜丝的眼睛没有离开手中的蛋糕，她往堆得像小山一样的栗子奶油上淋上满满的蜂蜜后，便抬起头用她那仿佛夜湖般湛蓝的眼睛看着琵琶。

"哎呀，是小不点儿啊。"

"啊？"

"辛苦啦。多吃点，接下来也要加油啊！"蜜丝嫣然一笑。

托克用胳膊肘戳了戳呆住的琵琶。

"喂，琵琶，你怎么啦？后面的人还等着呢。"

"啊，好。"

琵琶赶紧抱着盘子离开队伍，差点儿绊倒。

"你怎么啦？咱们赶快找个位子去吃蛋糕吧。"

托克坐到一张刚空出来的桌子前，双手合十说了声"我开动啦"，便迫不及待地舀了满满一勺栗子奶油，送到嘴里。

"哇，太好吃了！这个可不是经常能吃到的。琵琶，你运气真好。"

蛋糕在升腾的热气中，看起来就像海市蜃楼一般影影绰绰。

奶油里似乎混了一些栗子的涩皮。金色的蜂蜜一滴一滴地落在盘子上，就像慢动作画面一样。琵琶舀了一小勺栗子奶油，轻轻地放到嘴里。后来每当琵琶回忆起这个瞬间，她的肚子总会咕咕叫个不停。栗子的香气在鼻尖炸开，在甜味和苦味的尽头，仿佛能看到秋天静谧的森林。琵琶舍不得咽下奶油，只想让这种味道永远留在口中。

接着，琵琶舔了一口蜂蜜。一开始，她感到舌尖传来一阵轻微的刺痛。很快她就意识到这不是疼痛，而是甜味的刺激。真正的甜味就像电流一样，从舌尖延至喉咙，继而传遍全身。

琵琶浑身战栗不已，抬起头看向托克。

"好吃吧？"托克眨了眨眼，吃掉了最后一口蛋糕。

琵琶点点头，把勺子放在丝滑如绸缎般的蛋糕上，轻轻用力。

她使的力比自己想象中的要小得多，然而勺子却轻易就穿透了蛋糕，在盘子里发出清脆的声响。她把裹着栗子奶油和蜂蜜的蛋糕送进口中。

"唔！"

琵琶惊叹得说不出话来，整个人愣在原地。

"怎么了？"托克睁大了眼睛。

"蛋糕……"

"蛋糕怎么了？"

"消失了……"

"哈哈，就是这样的感觉！蜜丝做的蛋糕，你吃了第一口就会忍不住想吃第二口。而且，吃完后完全不会觉得撑！"

琵琶又吃了第二口、第三口，奶油和蜂蜜的甜味在口腔中弥漫开来。核桃的香气一波又一波地涌来，钻到她的鼻腔深处。越吃就越想吃，这个蛋糕让人仿佛置身于梦境一般。琵琶的舌头在口腔中转来转去，努力追逐着栗子和蜂蜜以及小麦和核桃的香气。

琵琶情不自禁地露出笑容。托克也跟着笑了起来。四周的工匠也都跟着他们笑了起来。不知不觉间，笑容扩散到了食堂里每一个人的脸上。

"好了，吃完就回去工作吧！"

托克回头一看，蜜丝双手叉腰，笔直地站在那里。

"好的！琵琶，走吧！"

琵琶站起来，向蜜丝低头致谢。

"蛋糕非常好吃！谢谢您！"

蜜丝小姐轻轻拍了拍琵琶的肩膀，说道："你喜欢就好，小不点儿！"

琵琶红着脸跑开了。

❀

几天后的一个傍晚。

琵琶吃完晚餐后回到了分解室。她发现当天最后拆卸的炉子的零件数量和最初清点时的数量对不上，于是返回去重新核对。她再次清点零件的数量，将其与工作单上的数字进行比对，这次终于一致了。

"太好了……"

隔了一段时间后重新投入工作，会发现之前觉得很难的事情变简单了。尽管因为精神紧绷，身体变得有些僵硬，但完成工作后的充实感是无与伦比的。

琵琶一边回味下午茶歇时间吃的戚风蛋糕的味道，一边朝寝室走去。今天的蛋糕是不加一点儿糖的草莓薄荷戚风蛋糕。

从分解室走到寝室，需要穿过中央大厅，再走过一条长长的走廊。这会儿四周空无一人，只有琵琶的靴子踩在地板上的声音在周围回荡。

"啊……"

琵琶停下脚步。

她看到一位穿着白色睡裙的老妇人正在缓慢前行。

她白发苍苍，每走一步都显得非常吃力。琵琶快步上前，轻轻地握住老妇人的手。

"我来帮您。"

老妇人缓缓抬起头看向琵琶，睁大的眼睛从她脸上深深的皱纹中露出来，宛如两颗巨大的珍珠。

"啊，谢谢你。"

老妇人指了指电梯的方向。琵琶配合老妇人放慢脚步，和老妇人一起走进电梯。

"请帮我按一下四楼。"

"好的。"

电梯开始上升。工厂里一片寂静，齿轮的声音显得格外清晰。

老妇人的手非常柔软，通过她的手琵琶可以感受到她的体温。

"小不点儿……你叫什么来着？"老妇人看着前方问道。

"我叫琵琶。"

"琵琶。"

"是的。我是凯泽·施密特的外孙女，我在这里工作。"

老妇人瞪大了双眼。

"啊，凯泽……凯泽还好吗？"

琵琶感到胸口一阵刺痛，低着头回答："我外公去世了。"

"啊……是吗？说起来，我好像从爷头那里听说过这件事……那似乎是很久以前的事了……凯泽真的离开了吗？"

琵琶默默地点了点头。

老妇人没有再说话，只是静静地望着前方。

四楼到了。精巧的饰品将墙壁装点得五光十色，地上铺着天鹅绒地毯。黄铜灯具从天花板上垂下来，蜡烛的火焰轻轻摇曳，照亮了整条走廊。

"就在那边。"老妇人骨节分明的手指向一扇朱红色的门。

"谢谢你，我忘了很多事情，刚才我忘了应该怎么回去，正发愁呢。"

走到门前，老妇人松开了琵琶，琵琶也自然地松开了手。

"谢谢你，小不点儿。"

老妇人并没有触碰门，门却自己缓缓打开了。越过老妇人的肩头，琵琶可以看到房间里的样子。

房间里面弥漫着淡淡的粉色光芒。天花板上挂着层层布幔。远处是一个洋葱头形状的圆锥形床，被丝绸样的布料罩了起来。

"啊，这个世界今天也很美好。"

老妇人低声说道。说罢，她朝着床走去。

那天晚上，琵琵做了一个奇妙的梦。

她梦见自己回到了卡尔莱昂的钟楼广场。她看到外公正抬头望着停摆的时钟。琵琵想要走到外公身边，但无论她怎么走，都无法靠近外公一步。

"外公！"

就在琵琵准备喊出声的时候，她突然惊醒了。

"什么！你去了玛达姆的房间？"托克惊讶得喊了出来，还将早餐的西式炒蛋溅得到处都是。其余工匠也被吓了一跳，纷纷看向他们。

"昨天我工作到很晚。回寝室的路上，我在中央大厅里遇到了一位迷路的老妇人，就陪她一起去了四楼。玛达姆是那位老妇人的名字吗？"

"我都没去过四楼。那……玛达姆对你说什么了吗？"

"没有，我只是和她聊了聊外公的事。"

"那她还记得你吗？"

"记得？我们是第一次见面。"

"不！琵琶，你已经见过她几次了。"

琵琶叉着番茄的手停在半空，错愕地看着托克。

"这个嘛，嗯，其实有点儿复杂。"托克挠了挠头，然后俯身凑到琵琶耳边说道，"其实，蜜丝和玛达姆是同一个人。"

琵琶的脑海中，切蛋糕的蜜丝的侧脸和迷路的老妇人的侧脸重叠在一起。

"说起来，她们都叫我小不点儿来着……"

"没错没错，她们是同一个人。"

琵琶的眼前又闪现出一个穿着白色睡裙的少女的身影。

"啊，我想起来有个女孩也叫我小不点儿……"

"那是蕾蒂。"

"蕾蒂？"

"是的。早上是蕾蒂，中午和下午是蜜丝，傍晚是米赛斯，夜晚是玛达姆，她们是同一个人。"

"米赛斯……？"

"是的。你没有见过她，因为傍晚时她都在厨房里为我们准备晚餐，还要提前准备第二天的早餐。"

"等等，蕾蒂、蜜丝……"

"还有米赛斯、玛达姆。"

"啊……米赛斯……还有玛达姆是同一个人，只是她在一天之内变老了？"

"是的！我一开始也很惊讶。我应该早点儿告诉你的，但你太专注于工作了，我都忘了和你讲这件事。"

"那过了一个晚上，玛达姆就又会变回蕾蒂了吗？"

"是的，一晚上过去后，她就会忘记一切。没人知道她睡觉的时候发生了什么。我听说她在时光茧里睡觉……"

"时光茧……啊，那个，是玛达姆的床吗？"

"你看到时光茧了？真有你的，琵琵！"

那天晚上，琵琵在祖记里写下了她去玛达姆寝室的事情。

祖奇的回复如下。

啊？你去过玛达姆的房间了？

这可真让人惊讶。

不过，这件事你绝对不能在爷头面前提起。

尤其切记，不要提起"时光茧"。

一言难尽啊。

祖奇

| 第八章 | 第一次外出跑腿

有一天早上，琵琶翻开祖记，最后一页上写着这样的回复：

早上好。

今天下午请来金鱼缸一趟。

祖奇

祖奇的房间位于二楼工匠们的工作区尽头。房间四周是玻璃墙，从外面看去，整个房间就像一个鱼缸，一览无余，所以工匠们把祖奇的房间称为"金鱼缸"。

琵琶已经适应了分解室的工作，有时她还会去二楼的工匠工作区跑腿。琵琶经常找各种理由去那里，比如去看托克啦，应罗诺的要求去换茶啦之类的。

在工作区，钟表匠把钟表的几百个零件一一擦干净，重新组装起来；玻璃匠将模糊的镜子打磨得闪闪发亮；乐器匠让已经无法发出乐音的小号重获新生。

还有一位工匠正在与一件用途不明且异常复杂的机关盒子"搏斗"。他虽然每天都在做不同的工作，但已经对着同一件物品努力了三个多月。到底还要花几个月才能修好呢？

吃午饭时，当托克得知祖奇先生叫琵琶去金鱼缸时，他露出了复杂的表情。这是因为哪怕是在穿蓝色工装的工匠中，能直接和祖奇先生说上话的人也很少。

午饭后，琵琶来到了金鱼缸。

她到达时，祖奇正在整理架子上的文件，他不断地从架子上抽取文件，把需要的文件和不需要的文件分开摆放。

琵琶敲了敲金鱼缸的玻璃，祖奇抬起头，抖着腿大声喊道：

"你在磨蹭什么？快进来！"

"打扰了。"

"嗯，工作进展怎么样？"

"我已经基本适应了，但还是做得有点儿慢。"

"想要快的时候，反而要慢慢来。"

"嗯，我记得您还说过，越是不急的事情，越要快快做……"

"没错。"

祖奇推了推眼镜，一屁股坐到椅子上，随后把脚搭到桌子上。他啪的一声打开打火机的盖子，点燃一支烟，吞云吐雾起来。

琵琶从包里拿出祖记，向祖奇低头行了一个礼。

"祖奇先生，谢谢您一直以来的帮助。"

"哦，你正好写完了对吧？这是第几本了？"

"第四本。"

"嗯，不错。"

祖奇将椅子转向书架，从书架中取出两本皮质封面的手账，将其中一本放在琵琶面前。封面上写着"P.S."。

"啊——！"琵琶不禁长叹一声，因为她看到当祖奇翻动他面前的手账时，放在琵琶面前的那本手账也跟着动了起来。

看到瞪大眼睛的琵琶，祖奇不由得笑了。

"这两本手账是一组。凯泽，也就是你外公，之前也是通过手账和我交流的。"

说完，祖奇吐了一个烟圈。

"外公也……？"

"今天叫你来，是想让你帮我出去跑个腿。"

"出去？"

"我要你把这封信送过去。"祖奇用手指敲了敲一个棕色信封。

"这是什么？"

"你不需要知道信的内容。你的任务是把这封信送到目的地。"

"好的。"

"但送到地方并不算完成这份差事。"祖奇眼镜后面的目光变得锐利起来，"你还要准确地传达我接下来要说的话。"

"我明白了。"

"好，你开始记吧。"

琵琵翻开散发着新纸气味的祖记，拿起笔开始记录。

"那边和这边都出现了异常。记忆和记忆的账本对不上，记忆正在消失。必须尽快确认这一状况。"

这件事似乎与这边的世界以及琵琵原先居住的世界都有关系。

琵琵一字不落地记了下来。而祖奇手边的那本手账里，也浮现出琵琵写下的文字。

"嗯，很好。"祖奇看着手账点了点头。

"那，这封信要送到哪里呢？"

"我刚才不是说了吗？"

琵琵愣在原地。

"啊！我没说吗？"祖奇反应过来。

"是的……"

"哦，是吗？我还没说？嗯，要做的事情太多了。"

祖奇开始在他手边的手账上画地图。同时，琵琵的手账里也出现了一条路线。它从阿西托卡加工所开始，经过工匠街，最后通向齿轮广场。

"你先去甘轴，也就是齿轮广场。你知道那里吧？"

"知道。"

"到了甘轴之后，你就在那里等着别动。一旦随便乱走，就弄不清楚哪条是正确的路了。甘轴是按照顺时针方向旋转的。"

祖奇在工匠街的尽头画了一个齿轮。

"既然甘轴顺时针旋转，当你到达广场后回头看……会看到怎样的景象？"

"嗯……会看到街道从右往左转……"

"没错。"

祖奇以甘轴为起点画了几条路，并在旁边写了个"3"。

"等你到了甘轴之后就回头看，等待三条路从眼前经过，而第四条路就是你要去的弗劳恩路。"

祖奇写下"弗劳恩路"，并在路上的几个转角处标注了邮局、面包店、眼镜店等场所。

"转过眼镜店后，你继续往前走，就会看到一条河。看到河后，你离目的地就不远了。过了桥，你会看到一座有三面旗子和三角形屋顶的建筑。那就是玩具博物馆。"

"玩具博物馆？"

"是的。那里汇集了各种各样的玩具。到了那里，你就说你是阿西托卡加工所派来的。还有，你要注意一件事。你一旦踏进那座博物馆，就非玩不可。"

"玩？"

"嗯。馆长是个麻烦的家伙。他叫埃勒纳。像我这样的成年人根本进不去他的博物馆。

"哪怕是孩子，如果只是去帮大人办事，没有玩心，也会被他赶出门。"

"玩……是和馆长一起玩吗？要怎么玩呢？"

"我也不清楚。平时我都会在大早上找蕾蒂帮忙，但现在已经是下午了，她马上就要变成中年妇女了，没办法帮我了。"

"好的，我明白了。"

"好，交给你了。这封信以及……"

琵琶拿起祖记，大声读了出来：

"那边和这边都出现了异常。记忆和记忆的账本对不上，记忆正在消失。必须尽快确认这一状况。"

"嗯，很好。"

祖奇啪地合上手账，琵琶的祖记也跟着啪地合上了。

"那就拜托你了！"

祖奇再次转向书架，他边整理文件边嘟囔道："一言难尽啊。"

　　琵琶抱着棕色信封和新手账走出金鱼缸，看到托克站在柱子后面。

　　他是不是看到我和祖奇先生说话了？

　　感受到琵琶的目光，托克猛地转过身去，快步走向自己的工作台。

　　"托克！"

　　托克坐到座位上，拿起一个旧木偶，用剪刀咔嚓咔嚓地剪开连接关节的线。

　　"托克。"

　　"嗯。"

　　托克头也不抬，冷淡地回应。

　　"哇，是木偶啊。"

　　"嗯。"

　　"祖奇先生刚才找我，是让我帮他去办点儿事。"

　　"我知道。"

　　"他让我把这封信送到玩具博物馆。"

　　"琵琶你就不一样，可以受到特殊待遇。"

　　"什么？"

　　"果然，凯泽·施密特的外孙女就是不一样。"

　　说完这句话，托克再也没看琵琶一眼。

琵琶感到脚底冰冷。

她走出工厂，朝着工匠街——亨特维尔克街走去。落叶的香气扑鼻而来，一阵寒风吹过，琵琶感到鼻腔深处一阵刺痛。

"凯泽·施密特的外孙女就是不一样。"

托克的话一直在琵琶耳边回响，她心中泛起了一种难以言喻的孤独感。

她沿着墙边走了一会儿，来到右手边的亨特维尔克街上。

不知为何，有几家工厂紧闭着卷帘门。

街对面，齿轮广场正在缓缓转动。琵琶走到广场上，然后转过身去。

她拿出祖记并翻开，手指落在祖奇画的地图上"3"的字样上。

"第三条路。"

第一条路从她眼前转过去。琵琶默默地等待第二条路经过。

第二条路的远处有一座公园，里面种了几排七叶树。枯黄的叶子在风中飘舞，就像游行队伍中飞舞的彩纸一样。

琵琶的目光被数百个气球吸引住了。她看到七叶树的树荫下，一个高大的男人正在给孩子们分发气球。

"啊！"

一个小女孩没有抓住。红色的气球被风吹走，很快就消失在了冬日澄澈的天空中。

"轰隆隆……"

第三条路出现了。这是一条狭窄的巷子，两侧是高墙。

"第三条路。"

琵琶低声说道，随后便踏上了冰冷的石板路。石头冰冷的触感从靴底传来。

"这里就是弗劳恩路。"

此时的琵琶还没意识到自己犯了一个错误。

祖奇说的是：走到甘轱后，转身等待三条路转过去，第四条路才是她要去的弗劳恩路。

✿

与此同时，在卡尔莱昂市，穆拉诺市长正站在市长办公室里俯瞰钟楼广场，回忆他已故的父亲。

这个国家曾经爆发过一场大战，卡尔莱昂也遭到了破坏。战后，穆拉诺的父亲是重建卡尔莱昂的工匠之一。

他将传统的卡尔莱昂工艺与最新的技术和科技相结合，创造出革新性产品。他不仅在自己的本职工作中展露才华，还参与了河流北岸新城区的建设工作。

穆拉诺每次听父亲提起新城区建设的事，都由衷地为父亲感到骄傲，他相信自己未来也会成为父亲那样的工匠，为这座城市做出贡献。

然而，有一天，一切都变了。

某个晚上，高大魁梧的父亲瑟缩着，像落汤鸡一样回来了。

"工厂要关门了。"

可父亲却闭口不谈关门的原因。

有传言说，他在参与旧城区的开发时，卷入了冲突和斗争中，不得不放弃原本的开发计划。

自那天起，父亲就变得沉默寡言，闭门不出。

几年后的某一天，母亲惨白着脸走进家门。由于连着下了几天雨，整座城市又湿又冷，感觉随时会下雪似的。

"你爸爸不见了。"

穆拉诺赶紧和母亲一起去寻找父亲。

他们先想到了父亲工作时常去的仓库。仓库就在附近，不过上了锁，他们喊了好一会儿，都没有得到回应。

他们在卡尔莱昂市四处寻找父亲的踪迹。工匠们也纷纷过来帮忙，一同搜寻穆拉诺父亲的下落。

第二天，穆拉诺父亲的遗体在仓库里被发现了，看情形是自杀身亡。

"如果当时我们能撬开仓库的锁……"

穆拉诺心中留下了深深的懊悔。

作为一位追求革新的工匠，父亲一定是感到自己活着的意义被剥夺了，才结束了自己的生命。

被固有的观念束缚的话，是无法前进的。

这是父亲的遗志，穆拉诺觉得，自己必须继承这份遗志……

从那日起，完成父亲的未竟之志便成了穆拉诺活着的意义。

卡尔莱昂今天的天空就像父亲去世那天的一样，布满低垂的乌云。穆拉诺市长的脑海中回响着黑衣代理人的话：

"如果从人们那里拿走记忆，让他们只专注于当下，那么未来就会按照我们的意愿发展。"

他坐到办公桌前，打开电脑。

黑衣代理人留下的存储卡里有加密文件。输入名片上的密码以后，提案书的封面便出现了，上方是一行大字：

卡尔莱昂市新改革提案书

在日期下方，记忆连锁公司的六边形标志缓缓闪烁。穆拉诺市长点击了一下"目录"，十个条目出现在他眼前。

1. 卡尔莱昂市工匠协会主要人物关系图
2. 该市工厂所在地
3. 该市博物馆及纪念馆所在地

工匠协会的人物关系图、工厂的位置，以及保存卡尔莱昂历史和传统的博物馆、纪念馆的位置，都附有地图和详细记录。

接下来是执行方案：

4. 夺取记忆的方法
5. 消除旧事物的方法
6. 让人们忙起来的方法

7. 记忆档案管理服务

8. 让城市焕然一新的游戏

9. 钟楼广场拆除及旧城区智能化改造项目

10. 拿走人们的记忆，未来便在我们手中

提案书的内容非常具体。

即使市政厅的全体工作人员绞尽脑汁，也不可能写出如此周密的计划书。据改革调研负责人施密特先生说，这些人的计划已经在暗中推进，随时可以付诸实施。

市长的脑海中浮现出仓库里父亲那具冰冷的躯体。

这个决定，真的正确吗？

会不会因此让整座城市失去记忆呢？

新的改革将极大地改变人们的生活。

然而，卡尔莱昂市的财政状况严峻，如果跟不上全球变革的浪潮，这座城市终将不复存在。改革固然会带来阵痛，但如果不推行下去，失去工作、流离失所的人只会越来越多——穆拉诺市长这样告诫自己。

他通过内线电话叫来了秘书。

"市长，您找我？"

"请你召集改革组的成员。另外，麻烦你把我转发的文件打印

出来。这是绝密资料，不准外泄。"

"我明白了。"

穆拉诺市长起身，再次透过窗户俯瞰钟楼广场。远处隐约传来雷鸣声，冰冷的雨水滴落在破旧的钟楼上，这又让他想起了父亲去世当天那场冰冷彻骨的大雨。

✿

几小时后——

在旧城区的一座广场上，三个黑衣代理人又现身了。

广场中央有一口井，旁边是一座散发着黯淡光芒的纪念碑。

他们围绕着纪念碑站成一圈。中间的男人缓缓开口：

"在这座广场上，曾经发生过一场悲剧。"

左右两边的男人看向前方，沉默不语。

"旧城区居民与试图让这座城市重生的人们发生了冲突。"

广场周围一片寂静。中间的男人凝视着纪念碑，沉默了一会儿，开口问道：

"穆拉诺市长回复了吗？"

"我刚接到消息。市长那边决定实施新的改革计划。"

"为了这一天，我们已经做了周密的准备……"

"是的。这个计划变成了城市新政，终于可以放到台面上实施了。市长那边还说，他们愿意提供市民的个人信息……"

"那边世界的情况怎么样？"

"待新的改革计划开始实施，整个计划就可以迅速推进……"

"我们必须尽快消除这座城市的所有回忆。"

"是的。从拆除象征卡尔莱昂市的钟楼开始，旧城区的智能化将逐步推进。"中间的男人露出满意的神情。

片刻后，他低头看着纪念碑问道：

"你找到阿西托卡加工所的所在地了吗？"

"还没有。我们正在寻找通往那边世界的入口。"

"要加快速度。不能让他们再次阻碍我们的计划。如果人们再次找回记忆，那可就麻烦了……"

"是……我们一定会找到通往那边世界的路，锁定回忆修理工厂的位置。"

琵琶走在石板路上，不安在她的胸中膨胀。

她意识到自己可能走错了路……

她想要沿着来路往回走，但找不到任何标记，也不知道该怎么回到甘轳。

街道两旁是砖砌的建筑，巷子像迷宫一样无尽地向前延伸。

她感到胸口快要被不安给撑破了。她的膝盖也开始颤抖。太阳已经西斜，从房屋间隙透出的些许余晖已经无法将石板路照亮。

琵琶忍不住打了个寒战，她竖起工装的衣领，抬头向天上看去，只见上方有无数根纵横交错的晾衣绳。

挂在绳子上的衣物正随风摇曳。

远处传来乌鸦的叫声。

继续向前走了一会儿，琵琶来到一座小广场上。

广场中央有一口井，周围的石板路被水浸湿了，有些发亮。

井边立着一块石碑。又黑又亮的石头上雕刻着一群互相争斗、一脸痛苦的人。

"这是什么？"

琵琶察觉到背后有动静，她转过头，淡淡的蓝色光芒浮现在她鼻尖前。

光芒呈现出人脸的样子，五官勉强可辨。

它的眼睛紧盯着琵琶，嘴巴微微张开。

"你为什么……会来这里？"

琵琶紧张不已，咽了一口口水。

"我……迷路了。"

光芒追问："你想去哪里？"

"我想去弗劳恩路……"

"弗劳恩路啊。"

"是的。"

"我已经很久没有去过那里了。几个月，几年……"

光芒似乎陷入了回忆之中。沉默了一会儿后，它在琵琶鼻尖前低语道：

"你不应该待在这里。"

越来越多的光芒汇聚在一起，逐渐照亮了整座广场。

琵琶艰难地挤出一句话：

"我该怎么回到甘轵那里呢？"

"甘轵……"

光芒似乎在努力回忆。

"对了……甘轵……自从我被囚禁在这里后，便将过去的事忘得一干二净。"

"你被囚禁在这里？"

"曾经，我可以自由地来往于弗劳恩路和甘轵。但自从那夜之后，便再也做不到了。"

"那夜？"

光芒突然痛苦地呻吟起来，呻吟声随着光芒淹没了整座广场，周围的墙壁都被染成了蓝色。

"立刻离开这里。你不应该待在这段记忆之中。"

光芒汇聚成一条光河，消失在了夜幕中。

| 第九章 | 梦境与现实同在

当琵琶回过神来时，她发现自己站在甘轳的入口。

刚才那座广场究竟是什么地方？那些光芒又是何方神圣？

轰隆隆……甘轳不断旋转，琵琶眼前又出现了一条新路。路的入口悬挂着一个牌子，上面写着"弗劳恩路"。

琵琶松了一口气，朝着河流的方向走去。

河上架着一座白色的石拱桥，每一根栏杆上都雕刻着人或动物的脸，它们在桥两侧相向而立，互相凝望。

有微笑的脸、愤怒的脸、悲伤的脸、沉思的脸……

琵琶从桥上走过时，时而大笑，时而烦躁，时而陷入沉思……

走过这座喜怒哀乐之桥后，琵琶仿佛释放了沉积在心中的所有情绪，整个人一下子轻快了不少。

琵琶又走了一会儿后，便看到了祖奇说的那三面旗子。

蓝色、黄色和绿色的旗子上分别画着一只小熊、一只中等大小的熊和一只大熊。琵琶总觉得，她似乎在哪里见过这三只熊。

太阳已经完全落山了。

琵琵站在一座有着三角形屋顶的建筑前，这是一座用灰泥和砖砌成的房子。

淡蓝色的墙壁上有六扇拱形窗户，房子右侧有一樘对开的门，看起来是入口。琵琵抬头望去，看到几扇窗户中透出些许微光。

琵琵搂着背包掂了掂，确定信件还在，随后走到大门前。

这是一樘鲜艳的蓝色木门，正中有一个门环，铺首是一张既像猫又像貉子的奇怪动物的脸，它咧着嘴，嘴里衔着一个闪闪发亮的环。

琵琵抓起门环试着敲了敲，门环随即发出咚咚的低沉声响。

没有人回应。她又敲了一次，依旧无人应答。

"咕噜。"

"哇啊！"

琵琵吓得连连后退。

貉猫——琵琵决定暂时在心里这么叫它——的眼睛转了一圈，又眨了眨。

"咕噜咕噜。"

琵琵战战兢兢地走上前去，对貉猫说：

"那个……我来自阿西托卡加工所，是来替祖奇先生送东西的……"

貉猫鼓起鼻子，说道：

"来玩吧，来玩吧。"

琵琵想起了祖奇的话。

"你一旦踏进那座博物馆，就非玩不可。"

也就是说，游戏已经开始了？

琵琵抱着胳膊思考起来。

"要是思考的话，就没法玩了！"

貉猫大声喊道。看来比起思考，还是先行动比较好。

琵琵抓住门环，调整好节奏，咚当咚当咚咚地敲了起来。

貉猫眼睛转来转去，大声喊道：

"再来！再来！"

琵琵也觉得有些好玩，她带着抑扬顿挫的节奏，咣当咚咣当咚地继续敲门环。

"咕噜咕噜！"

紧闭的大门缓缓打开。

琵琵向貉猫微微鞠了一躬，轻手轻脚地走进博物馆。

砰的一声，琵琵身后的门关上了。昏暗的博物馆顿时亮了起来，映入琵琵眼帘的是如同电影中的舞厅一般的大厅。

金色的柱子，色彩缤纷的墙壁，编织着四季花草图案的地毯，闪闪发光的巨大吊灯。

大厅左右两侧都有楼梯通往二楼露台，上面陈列着大小不一的盔甲和面具，它们一齐俯视着琵琶。

一面墙壁上装饰着玻璃柜，里面摆满了铁皮车、人偶、木制玩具和各种五颜六色的游戏道具。

天花板上，一架像昆虫翅膀一样的风扇正在旋转，四周还悬挂着螺旋桨飞机、热气球和鸟形水上飞机。

眼前宛如童话世界，琵琶一时间看得出了神。

"这么晚了……你有什么事？"

四周突然响起一个仿佛是建筑自身发出的、低沉如地鸣般的声音。琵琶迈出一步，诚惶诚恐地回答道：

"我是来送信的。是阿西托卡加工所的祖奇先生派我来的。"

说着，她从包里拿出信件，但对方却没有回应。

琵琶环顾四周。

她看到楼梯下有一匹红色的木马。琵琶立刻把木马从楼梯下搬过来，跨上去大喊：

"嘿呀！嗬！我来自阿西托卡加工所！祖奇先生让我来送东西！嘿呀！嗬！"

大厅里仍然一片寂静。琵琶羞得满脸通红，但她知道自己不能畏缩。

她从摆放乐器的架子上拿出一面铁皮鼓，咚咚地敲了起来。在卡尔莱昂，每当节日来临时，街道上就会涌出许多扮成小丑的人，一边跳舞一边欢快地敲鼓。

这时，从楼梯上传来一阵咯咯的笑声。

是馆长吗？琵琵满头大汗地继续挥动鼓槌。

那个低沉的声音再次响起：

"这么晚了，你有什么……事？"

琵琵停下敲鼓的动作，思考着这句话的意思。

"啊！"她的脑海中闪现出一个答案。

于是，琵琵深吸一口气，大声喊道：

"是一座……多么奇妙的博物馆啊。真的好想永远在这里玩下去……啊！"

对方的声音如同回声般传来：

"啊……你还真有两下子，陌生的小姑娘。让我来问问你：是谁派你来……此？"

琵琵高举信件回答道：

"此……时此刻，我来到这里，是受阿西托卡加工所的祖奇先生所托来给您送……信！"

那声音回答：

"信……你一次，快点儿把信件拿出来吧，这样我就会下去接……你！"

琵琵大声喊道：

"你……能回应，我十分感激。这就是祖奇先生让我带来的东……西！"

琵琵意识到，如果把对话当作句子接龙游戏，声音的主人就会回应她。

她把信件放在楼梯最下面的台阶上。

楼梯上方出现了一个巨大的影子，一直延伸到天花板。咕嘟，琵琵听到了自己咽口水的声音。玩具博物馆的馆长埃勒纳究竟是个什么样的人呢？

影子逐渐变成清晰的轮廓，最后，楼梯上方显现出一个人形。

"啊！"

琵琵忍不住叫出声来。站在楼梯上方的，是一个只有琵琵一半高的小男孩。

"你就是……埃勒纳馆长？"

"嗯，正是。你是……？"

"是琵琵，在阿西托卡加工所工作。"

"行了，句子接龙游戏到此为止！"

说着，小男孩开始下楼梯，他右脚追着左脚，左脚追着右脚，来到了琵琵面前。

"嗯，这么晚了，居然还有像你这样的孩子过来，真稀奇。"

"对不起，我迷路了，所以耽误了不少时间。"

"蕾蒂呢？"

"啊，蕾蒂现在……"

"哦，对了。她马上就要变成玛达姆了。话说回来，我们玩点儿什么好呢？"

埃勒纳眨着大大的吊梢眼，抓住了琵琶的手。

他看起来只有五岁多，但说话方式却完全像大人一样。他的栗色头发向四面散开，快要咧到耳边的嘴巴带着狡黠的笑意。

他披着一件长长的深蓝色斗篷，胸前还别着一枚金龟子胸针。他穿着小丑常穿的黑白相间的鞋子，每走一步都会发出吧嗒吧嗒的声音。

"啊……我还有祖奇先生的口信。"

"祖奇？哦，蕾蒂那边的那个大叔啊。他总是喋喋不休的，可不太讨人喜欢。"

琵琶拿出祖记打开，做了个深呼吸，然后一口气读了出来：

"那边和这边都出现了异常。记忆和记忆的账本对不上，记忆正在消失。必须尽快确认这一状况。"

埃勒纳脸上的神情瞬间严肃起来。

"原来是工作的事。真无聊。"

话音刚落，埃勒纳的个子开始不断长高，他从小男孩变成年轻人，又从年轻人变成了中年人，最后竟然变成一个白发白须的老人。

"好了，游戏时间结束。"

埃勒纳向目瞪口呆的琵琵眨了眨眼，微笑着说：

"来吧，我们去书房。让我看看那封信。"

为了不踩到馆长那长长的斗篷，琵琵小心翼翼地跟在他身后。

博物馆的通道和墙壁上也到处是游戏装置。每上一级台阶，就会响起管风琴的声音，肖像画中的人物也会随之歌唱。

"剪刀、石头、布！"

楼梯口铺着圆形、三角形和方形的碎拼石。埃勒纳玩起了跳房子。这样一个白发白须的老人玩这个多少显得有些滑稽，但琵琵也努力跟着玩了起来。

就这样，经过楼梯口后，一条铺着天鹅绒地毯的走廊映入琵琵的眼帘。

"嘿哟嘿哟，嘿哟嘿哟……"

埃勒纳平躺在地毯上，朝前方滚了起来。

"嘿哟嘿哟，嘿哟嘿哟……"

琵琵也跟着滚了起来。

她感到越来越快乐。不知不觉间，她忘记了托克对她的冷淡，也忘记了迷路时的不安。

穿过走廊后，两人来到了一个圆形房间，天花板上还绘着一幅壁画。

壁画的一半是太阳，象征着白天；另一半是月亮和星星，象征着夜晚。整幅壁画正在缓慢旋转。用细线绑着的星星挂在空中，在灯光下熠熠生辉。

"好了，这就是我的书房。"

"哇……"

这里与其说是书房，更像是一个梦幻儿童房。房间里有玩偶、机器人、积木和拼图，以及五颜六色的蜡笔、颜料、画板，还有数不胜数的娃娃屋，多到几乎可以建一座小镇了。

埃勒纳坐到一把带有顶棚的椅子上。

他向琵琵招手，示意她坐在自己旁边。餐具柜自动打开，一个茶杯飞了出来，落在琵琵手边。

"这是橙子茶。"

托盘上放着巧克力橙子片。茶壶倾倒，向两人的茶杯中注满茶水。

"谢谢。"

橙子茶散发着甜美而清新的香气，仿佛能洗涤灵魂。琵琵咬了一口巧克力橙子片，可可的香气顿时在口中弥漫，橙子的香甜也令人回味无穷。

"好了。"埃勒纳开始查看信件，他的眼神无比专注。

其间，琵琶沉浸在这个梦境般的世界里。

最吸引她的是一艘用铁皮制成的宇宙飞船。

几十个圣诞老人坐在里面，正准备飞向壁画中的天空。琵琶从小就十分好奇：明明只有一个圣诞老人，为什么能在一夜之间给全世界的孩子都送去礼物呢？现在她似乎明白了其中的奥秘。

埃勒纳很快就看完了信。

"呼——"

他发出一声轻轻的叹息，摘下了老花镜。

"嗯，确实，记忆和记忆的账本对不上。"

"记忆和记忆的账本是什么？"

"嗯……该从哪里说起呢？"

埃勒纳用泉水般深邃的眼睛看着琵琶。

"琵琶，你是从那边的世界来的吧。"

琵琶点了点头。

"你生活的世界和这边的世界，要靠回忆的交流来维持均衡。"

"均衡？"

"也就是平衡。"

这时，一个玩具跷跷板从架子上缓缓飞起，落在两人面前。

这是一个红蓝绿三色的木制跷跷板，两端可以放砝码。

"假设右边是你生活的世界，左边是这边的世界。"

"好的。"

琵琶重新坐回柔软的坐垫上。馆长在跷跷板的两端各放了两个砝码。

"你那边的世界的回忆会传送到这边的世界。回忆并不一定都是美好的，相反，很多回忆都带着伤痛。"

馆长从右边拿起一个砝码，放到左边。跷跷板的左边开始缓缓下降。

"这些带着伤痛的回忆会在我们这边的世界被修复。有些几天就能修好，有些则需要几个月，甚至几年。经过爷头和工匠们修复的回忆，会再次被送到你那边的世界。"

馆长把砝码移回原来的位置。

跷跷板再次恢复了平衡。

"我是……因为想修好外公送给我的人偶才来到这边的世界的。我的回忆也是您所说的伤痛的回忆吧？"

"是的。像琵琶这样，主人亲自过来的情况非常少见。以前，两边世界的人们可以自由往来……"

"为什么我们那边的人不再来这边的世界了呢？"

"因为像你外公那样的人越来越少了。比如，在你那边的世界，如果东西坏了，现在大家会怎么做？"

琵琶脑海中立刻浮现出莉娜她们拿着最新的玩具开怀大笑的

样子。

“我想大多数人会去买新的。”

“没错。一旦得到了新的东西，大家就会忘记之前一直珍视的东西。之后又会不断渴望得到新的东西。”

“回忆，也是同样的道理吗？”

“人们忘记了回顾过去，不断去追逐新事物。就这样，那边世界的人们渐渐忘记了这边的世界。”

“外公曾经说过，不珍视过去的人无法思考未来……”

“嗯，这很像凯泽的风格。”

“您……认识我外公？”

“当然。凯泽是一位了不起的工匠，他经常带着在那边的世界完成使命的东西来到这边。”

埃勒纳沉默了一会儿，然后一脸关心地看向琵琶：

“祖奇似乎也很想知道……凯泽是怎么去世的。”

琵琶垂下了头。

“我……不记得外公去世时的事情了。”

“你不是不记得，也许是无法回忆起来。”

“啊？”

埃勒纳站了起来，不紧不慢地环视了一圈书房。

“这里的每一件物品，曾经都属于某一个人。没有一件是新的。”

埃勒纳打开一个摆满玩偶的柜子，从中拿出一个玩偶。

"比如这个，它曾经属于你那边世界的一个三岁的小女孩。"

那是一个水獭玩偶。

玩偶的很多地方都磨破了，打着补丁。

"遗憾的是，那个小女孩很早就去世了。不过，关于她的记忆被这边的工匠修复了。现在这个玩偶就保存在这里。"

"为什么没有把它送回原来的世界呢？"

"我们当然送回去了。小女孩的父母非常珍视这个玩偶。在她的父母离世之后，完成了使命的玩偶就保存在这里。小女孩的出生已经是很久以前的事了。这座博物馆里保存的每一件东西，都已经完成了自己的使命。"

琵琶拿起那个玩偶。

它非常老旧。棕色的眼睛不是塑料做的，而是用树脂制成的，里面还有细小的气泡。玩偶的眼睛在灯光下闪闪发光。

"而且……回忆并不一定都是有形的东西。这边世界的工匠越努力工作，那边世界的人心就会越丰盈。同样，那边世界的人们越珍惜回忆，这边世界的工匠就越有干劲。不过最近，这种平衡似乎被打破了……"

"是什么原因呢？"

"不清楚。但可以肯定的是，祖奇和爷头现在很困扰。不过，以他俩的性格，大概也不会太在意吧。祖奇一定会说……"

"'一言难尽。'"

"是啊，一言难尽。"

馆长对着琵琶会心一笑，接着说：

"好了，不能总想着玩，祖奇和爷头会说我的。我接下来会去调查原因。你可以在这里过夜，工厂那边我来和他们说。"

不知什么时候，琵琶面前出现了一张桌子。

桌子旁还放着一把大椅子、一把中等大小的椅子和一把小椅子，还有一把正好适合琵琶坐的椅子。

"好了，你尽管敞开吃吧。不过，这里的晚餐有点儿特别。"

"难道要边玩边吃？"

"怎么可能！哪里有不让人安稳吃饭的习俗呢。不过听说在你那边的世界，还有站着吃饭的奇怪习惯……"

馆长啪的一声打了个响指。

"哇哇哇！吃饭时间到啦！"

琵琶瞪大了眼睛。刚才还躺在地毯上的小熊突然跳了起来，摇摇摆摆地走了过来，坐到了最小的那张椅子上。

"哎呀哎呀，吃饭时间到了。"

一只中等大小的熊从堆得高高的靠垫中探出头来，坐到了中等大小的椅子上。

"嗷嗷！吃饭时间到咯！"

一只大熊从摇摇欲坠的毛绒玩具小山中慢腾腾地走出来，坐到了大椅子上。

琵琶惊讶得说不出话来，呆立在原地。

埃勒纳冲琵琶眨了眨眼。

"它们是这里的工作人员——米西亚、梅西亚，还有穆西亚。米西亚！现在还不可以吃哟！"

"我知道啦！"小熊鼓起腮帮子对琵琶说，"哎呀，你快点儿坐好！我肚子都饿扁啦。"

看来小熊就是米西亚。它旁边那只中等个头的熊微笑着对琵琶说：

"很高兴认识你，琵琶。我们刚才一直在听你们说话呢。你迷路的时候肯定很害怕吧。今天就在这里好好休息吧。"

"梅西亚，我们先吃饭吧。琵琶，请坐到米西亚旁边！"大熊的声音有如洪钟，响彻整个房间。

看来中等个头的是熊妈妈，叫梅西亚；大熊则是熊爸爸，叫穆西亚。

"快吃吧，不必客气！"

埃勒纳拄着拐杖走出了房间。三只熊睁着亮闪闪的眼睛看着琵琶。

琵琶向它们点头致意，然后坐到那把刚好适合她身量的椅子上。

"哇哦！今天好热闹啊！"

米西亚拿着勺子和叉子敲打桌子，发出当当的声音。

"安静点儿，米西亚。"

"可是，可是……难得有客人来嘛。"

"琵琶，你能来我们很高兴。虽然蕾蒂偶尔会来吃早饭，但我们还没有和客人一起吃过晚餐呢，对吧？"

"慢慢来吧。你可以在梦里一直玩到天亮。"

"在梦里？"

"哇哦哇哦！我们先吃饭吧！"

米西亚大声喊道，圆溜溜的眼睛转了转，朝琵琶眨了一下。

"我先来给你示范一下，你好好看哟！"

米西亚闭上眼睛，慢慢地转动脑袋，嘴里还嘀咕着什么。一个小盘子发出咔嗒咔嗒咔嗒咔嗒的声音，微微颤抖起来。盘子周围卷起一阵风，吹动了米西亚卷卷的毛发。

就在琵琶感到空气扭曲的瞬间，米西亚的盘子里出现了一条滋滋作响的粉红色的鱼。

"黄油酱鲑鱼！"

米西亚大声喊道。那条足足有几厘米厚的鲑鱼上盖着厚厚的黄油酱，金黄色的液体在盘子里漫延开来。一旁的烤苹果散发出甜美的香气，直逼琵琶的鼻子而来。

"你也要吃点儿蔬菜！"

梅西亚严厉地说。它话音刚落，米西亚的盘子里就出现了煮熟的西蓝花，就像一棵树从地里钻出来一样。

"哎呀，这可是我好不容易想出来的美味！"米西亚不满地嘟起了嘴。

"好了，接下来轮到我了。"

梅西亚闭上眼睛，念念有词。

呼啦啦，梅西亚的盘子里出现了一座沙拉山。

"我正在减肥呢。"

盘子里有生菜、羽衣甘蓝、西洋菜和菊苣，上面还点缀着番茄、干果和坚果。它们生机勃勃的样子让琵琶联想到公园里自在啼鸣的小鸟。

"吃了这些后你不会又想在半夜吃蛋糕吧？"

"这种关心就不必了，孩子它爸！"

穆西亚哈哈大笑，然后闭上眼睛，似乎在全力地想着什么。

砰！随着一声巨响，它的盘子里出现了一块在铁板上滋滋作响的肉。

穆西亚用勺子舀起铁板上像烟花一样噼里啪啦四处飞溅的肉汁。

"嗯，太棒了！"

他露出满足的表情。

"好了，接下来轮到琵琵了！"

米西亚探出身子，凑近桌子。

"嗯……我该怎么做呢？"

"你只要回忆就行啦。在脑海中想象你吃过的最可口的东西！"

迄今为止吃过的最可口的东西……选项真是多到数不过来啊！

运动会时和爸爸妈妈一起吃的便当让琵琵至今难忘；只有在生日或圣诞节才能吃到的年轮蛋糕也是她的最爱之一。当然，蜜丝做的戚风蛋糕也非常好吃……

琵琵闭上眼睛，她的脑海里浮现出自己站在卡尔莱昂的旧城墙上看到的夕阳。盘子随即发出咔嗒咔嗒咔嗒咔嗒的摇晃声，她的鼻尖感受到一股龙卷风般的气流，琵琵睁开了眼睛。

盘子里放着三明治。

"三明治？你应该想象一些更特别的东西才对。"米西亚探出身子说道。

梅西亚让米西亚坐好，然后安慰琵琵道："看起来很香呀。这一定是琵琵心目中的美味。"

"好吧，那我们就开动咯！"

"嗯，开动啦！"

"让我们开始用餐吧。"

三只熊开始享用各自的食物，而琵琶则盯着盘子里的三明治。

她的思绪再次飞向卡尔莱昂。夕阳正沉向地平线的另一边，低矮的云层像海市蜃楼般不停变幻。广场上的钟楼在夕阳余晖的照射下熠熠生辉。

琵琶回忆起第一次和外公一起爬上旧城墙时的情景。

外公从纸袋里拿出卡尔莱昂的传统美食——黑麦面包。他把质地紧实的面包切成厚厚几片，涂上大量奶油芝士，再铺上满满的生菜、各种火腿和香肠片，简单地用醋和盐调味，制成一个简单的三明治。

为了方便琵琶食用，外公还用双手轻轻压扁三明治，然后用纸巾包好递给琵琶。

琵琶张大嘴巴，用力咬了一口。

她首先感受到的是生菜的清脆，接着是混合着果木香气的火腿的鲜美。各种香气一齐涌入琵琶的鼻腔深处。黑麦的浓郁香气与芝士相融合，美妙的滋味不仅停留在舌尖，甚至在牙龈上流连，让人唇齿留香。

琵琶忍不住呜咽了几声。她有些分不清自己到底身处这边的世界，还是那个外公还活着的回忆的世界。

接着，琵琶突然回想起了一个场景。

那是她和外公离开工坊，走在回家的路上的一段记忆。

时间是晚上。

琵琵紧紧握着外公的手。

书包里的弗里茨发出咔嗒咔嗒咔嗒咔嗒的声音。

外公在钟楼广场停下脚步，给琵琵披上围巾，然后抬头看向不远处的钟楼。

"你在这里等我。我有必须做的事情。"

记忆在那里中断了。

泪水从琵琵的眼中扑簌扑簌地落了下来。

当她抬起头时，发现三只熊正带着微笑温柔地注视着她。

琵琵擦去眼泪，也回以微笑。

"很好吃。"

那天晚上，琵琵在三只熊的怀抱中安然入睡。

在温暖而柔软的怀抱里，琵琵梦到自己和米西亚一起玩耍。

在梦中，琵琵乘坐圣诞老人的宇宙飞船环游世界。

在一个神秘的国度，琵琵身披铠甲，为了守护王子而战；在炽热的沙漠中，琵琵骑着骆驼飞驰而过。

尽管米西亚只是一只小熊，但它似乎什么都知道。

"因为每晚我都会像这样环游世界呀。"

"就你自己不会寂寞吗？"

"穆西亚和梅西亚也都是独自旅行的。"

米西亚喜欢直呼爸爸妈妈的名字。

"它们说旅行就是要一个人。而且，旅途中可以遇到各种朋友。虽然早上醒来后，朋友们都会消失……所以琵琶，能和你一起旅行真是太开心了！"

米西亚骑在一只长着巨大翅膀的鹫的背上开怀大笑。

接下来，琵琶和米西亚将穿过深深的峡谷，飞入梦中世界最大的瀑布之中。

"琵琶。"

"怎么了？"

琵琶骑在另一只鹫的背上。

"你为什么来到这个世界呢？"

"因为我想要修好外公给我的铁皮人偶。"

"你的爸爸妈妈呢？"

"他们可能在担心我。不过，祖奇先生说过，我们那边的世界和这边的世界的时间是不一样的……"

"嗯。那铁皮人偶为什么会坏掉呢？"

"它是被弄坏的。"

"被谁弄坏的？"

"莉娜……"

"莉娜是谁？"

"是我的同学。大家都讨厌我。"

"这样啊。"

米西亚一副若无其事的样子，抚摸着鹭的背说：

"为什么大家讨厌你呢？"

"我不知道。"

"琵琶，你是怎么想的呢？"

"这也是没办法的事。因为我和大家不一样，我很奇怪。我一直独来独往……"

"那你修好人偶后，打算做什么呢？"

"这个……"

这是琵琶一直在思考的问题。

琵琶还只有十岁。她也想早日见到爸爸妈妈，她知道自己不能永远留在这个世界……

但是此刻，她觉得这个世界里的自己才是真正的自己。来到这边的世界后，她一直想的就是成为阿西托卡加工所的工匠。

米西亚仿佛读懂了琵琶的心思，开口说道：

"琵琶，你觉得这边的世界比那边的世界好吗？"

琵琶沉默了一会儿，小声嘟囔道：

"我一直觉得很不可思议。"

"哪里不可思议？"

"就是……我醒着的时候就算闭上眼睛，也什么都看不见。但睡觉时，我闭上眼睛后却能看到一个清晰的世界，我甚至能感受到光和风。虽然也有可怕的梦或者讨厌的梦……但那些梦都像现实中发生的一样，太神奇了。不过，总有一天，我还是得回到现实中去吧……"

米西亚抚摸着鹫的头，说：

"其实不是这样的。两个世界都是真实存在的。"

"什么？"

米西亚用一种理所当然的表情注视着琵琶。

"好了，出发咯！"

米西亚大喊一声，便紧紧地搂着鹫俯冲进峡谷。它们转眼间变成一个小小的点，消失在乳白色的雾气中。

"哇！"

载着琵琶的鹫回头望向她，仿佛在对她说："别害怕。"

琵琶感到心跳加速，她摸了摸鹫的羽毛。

她闭上眼睛，用力夹紧双腿。鹫仿佛在回应她一样，它的身体微微膨胀。琵琶瞬间感受到失重，一股强大的力冲击着她的腰部，紧接着又贯穿她的全身。

当她睁开眼睛时，眼前是一片湛蓝的天空。

在她的下方，米西亚骑着的鸳正沿着峡谷缓缓滑翔，米西亚冲琵琶挥了挥手。

琵琶的飞行高度渐渐降低，她好不容易挤出声音大喊道：

"太厉害了！米西亚，太厉害了！"

"哈哈！干得漂亮，琵琶！跟上我！"

两只鸳并排飞行，穿梭于陡峭的峡谷之间。

载着米西亚的鸳微微倾斜身体，避免与载着琵琶的鸳相撞。

"世界其实并不是我们一直以来以为的那个样子。琵琶所在的世界和这边的世界，都是真实存在的。"

琵琶想起了昨晚的事情。当她咬下三明治时，她确实感到自己身处卡尔莱昂的旧城墙上，和外公待在一起……

"我明白了！不是梦境归梦境、现实归现实，而是它们都真实存在！"

"没错！"

米西亚竖起小小的拇指，然后飞远了一些。

"琵琶，我接下来要说的可能会让你很惊讶，你做好听的准备了吗？"

"什么？"

"你之前有没有想过这种事情，比如在外面的时候会想，我要是能直接回到家该有多好？"

"有啊！比如上课时困了，我就会想如果能直接回到家里的床上就好了……"

"我跟你说，"米西亚露出狡黠的笑容，"你可以梦想成真哟！"

突然，两只鹫猛地停了下来。

琵琶环顾四周，发现下方的森林、风、云，一切都静止了。就在她想要大声呼喊时，一切都消失了，她开始不断向下坠落……

醒来时，琵琶发现自己躺在床上。

僵硬的身体逐渐放松下来后，她缓缓起身。

托克在旁边的床上打着呼噜。

这一切，难道只是个梦？

这时，啪嗒一声，祖记被放到了琵琶的枕边。

琵琶翻开一看，左边的页面上写着：

虽然花了不少时间，但这趟跑腿辛苦你了。

埃勒纳传话说你度过了颇为愉快的时光。不过我希望你别光顾着玩，还是要好好工作……

不管怎样，谢谢你了。明天也要好好工作。

祖奇

| 第十章 | 新卡尔莱昂改革计划

就在琵琵结束了和米西亚的梦境环游，回到回忆修理工厂的同时——

穆拉诺市长和琵琵的爸爸正在卡尔莱昂的市长办公室里，与黑衣代理人开会。

"哈哈！干得漂亮。新的改革计划推进得很顺利。"

"那真是太好了，市长。这一切都要归功于市长您、施密特先生以及所有工作人员不懈的努力。"

市长办公室的屏幕上显示着记忆连锁公司提供的各种服务，它们像蜂巢一样排列着。

记忆连锁公司可以帮助用户保管记忆，一瞬间就能保存巨量的记忆载体，比如日志、照片、视频等。

它的手机应用程序可以让用户看起来比别人更优秀。

它还有为享受当下而设计的、没有剧情走向的游戏。

这些服务的名称各不相同，但它们都声称可以帮助人们保管记忆，让人们沉浸在当下的快乐中，不去思考过去和未来。

市民们越来越沉迷于智能手机。他们通过不断上传和保存每天产生的庞大数据来获得安心感，接着又去追逐一个又一个新的刺激。

人们完全没有意识到，记忆连锁公司正根据市政府提供的个人信息支配市民的生活……

市长满意地点了点头。

"真没想到你们的做法不是去改变大家现有的工作，而是创造新工作让人们忘记旧工作的价值……"

"人类是容易不安的生物。我们如果如实告知要抢走他们的工作，一定会遭到他们的反对。不如换一种说法，告诉他们新技术会创造新工作。这样一来，不安反而会变成希望。"

"也就是说，要开创一个机器支配人类，而不是人类使用机器的局面？"

"很多工作本来就毫无意义，而新时代的工作方式就是给无意义的工作赋予意义。"

"市民们对商业研讨会、电脑课程、语言学校和股票投资的热情逐渐高涨。"

"听说您的女儿也参加了特别升学课程。"

"我必须让莉娜具备在新时代生存的能力……"

"市里现在在吸收投资方面也进展得很顺利。开发规模可能是前所未有的……这会带来就业的增长，城市也会更有活力。"

"与此同时，你们建议关闭博物馆和纪念馆，更改官方记录是为了……"

"人类的记忆是模糊的。比起眼前的现实，人们往往更相信记录下来的信息。"

"嗯，只要以财政危机和裁员为由，反对的人就会非常少。现在已经没有人关心这座城市曾经创造过什么，以及以前的人们是如何生活的了……"

"是的……只要让人们忘记过去，只考虑当下，这座城市的未来就会完全按照市长您的意愿构建。"

"还有……这个，让我十分惊讶。"市长轻点智能手机打开了一个游戏应用软件。界面上，一个魔法师模样的角色站在卡尔莱昂市的地图上。

"这个游戏，竟然会如此火爆……"

市长说的是记忆连锁公司研发的一个名为《清洁女巫》的游戏。

这个游戏的玩法是让玩家化身为魔法师，手持智能手机走在街头净化世界。

玩家在城市中漫步，探访古老的建筑和设施，并通过投票来决定它们是应该保留还是拆除。行走范围越大，投票越多，等级就越高，同时还能获得稀有道具。

《清洁女巫》作为一个"在玩乐中使城市焕然一新"的游戏，很快就在世界范围内流行开来。

市长将智能手机对准时钟已经停摆的钟楼。

手机上显示，拆除钟楼的赞成票数正在迅速增加。

"连这座因一直被反对派阻止，让我们无法着手处理的钟楼也……"

"是的……只要赞成的票数达到一定数量，反对派的声音就会被淹没。这就是舆论的力量。"

"嗯。"

"市长，以拆除象征着卡尔莱昂的钟楼为契机，全面推进旧城区的智能化改造吧。人们再也不会被过去束缚了。卡尔莱昂的未来将由您来创造。"

市长的脑海中忽地闪过他小时候和父亲一起抬头仰望钟楼时的记忆。

然而，拆除钟楼是市民的选择。古老的钟楼将变成一座数字钟楼，它会根据时间播放广告，并将成为卡尔莱昂的全新象征。广告赞助商也已经内定，随之而来的庞大投资将盘活市政府的财政。

市长收到了来自其他各地的采访和参观请求，大家都想向这位新时代的改革者学习。

"市长，"中间的男人张开抿直的薄唇，"今天，我想拜托您一件事……"

"什么事？"

"我希望您能帮我们找到一个地方。"

"一个地方？"

"我们要找的地方就位于这座城市的某个角落。我们希望您能协助我们找到它。"

"小事一桩。施密特，交给你来办吧。"

"没问题。如果这对改革有帮助，我乐意之至。"

黑衣代理人的四方脸上露出了淡淡的笑意。

深夜，琵琶翻开祖记，上面写着这样的回复：

今天上午，你不用去分解室工作了。请到爷头的房间来。就这样。

祖奇

琵琶最近已经能大致猜出，祖奇会在深夜什么时候回复她了。某晚她偶然醒来，盯着祖记看了一会儿，很快纸张像翻书一样快速翻动，然后祖奇的回复就在页面上浮现了出来。

今天，页面的一角还留有被香烟烧焦的痕迹。

琵琶心里一阵不安。

琵琶在工匠工作区和食堂见过爷头很多次。但除了来到这家工厂的第一天，她就再也没去过爷头的房间。

琵琶换上工装，朝仓库走去。

一大早就有很多货物运了过来，但情况似乎和平时不太一样。

罗诺忙不迭地整理接连不断运来的货物。

"罗诺先生。"

"啊，琵琵，早上好。啊，你等一下，要是不按顺序搬运的话，后面就乱套了！我说等一下！"

罗诺看起来非常烦躁。

"抱歉，罗诺先生。祖奇先生有事叫我，所以今天上午的工作——"

"好的，我知道了。你去吧。"

卡车司机们一脸厌倦地交谈着。

"又退货了。"

"可是……也太多了吧。"

"真是可惜。好不容易修好了，物主却拒收。"

"我们这边还算好的，那边世界的活更麻烦。货物送去又要送回，一波接一波，听那边的司机说他们做梦都握着方向盘。"

看来，这边的世界和那边的世界发生了一些事情。这和埃勒纳馆长提到的事情有关系吗？

琵琵朝大厅走去。罗诺的助手正在用传话筒和某处联系。

助手叫米娅，也长着一张老鼠脸。

"从仓库搬二十箱到地下室去，行吗？"

"不行，昨天那些还没整理好呢！"

"可是，今天仓库可能又会被塞满。"

"哎呀，这可真麻烦。我去问问他们能不能快点儿整理！"

琵琶走进电梯，正要按下五楼的按钮，这时米娅飞身闪了进来。

"哎呀，琵琶！抱歉，我有急事，我们可以先去地下室吗？"

"啊，好的，当然可以。"

米娅按下了通往地下室的按钮。

"啊，真麻烦。这种情况还是第一次遇到呢！"

米娅焦躁地在文件上写着数字。

文件上写着"退货清单"，在国家名、城市名和地址的旁边还有商品名和物主的名字。电梯在地下室停下，电梯门随即开启。

"谢了，琵琶！"

米娅跌跌撞撞地跑走了。

地下室十分昏暗，墙壁是用砖砌成的。电梯门关上后，留下了一股冰冷的霉味和木屑味。

琵琶按下了去五楼的按钮。电梯在一楼停下，电梯门打开，托克和同伴们一起走了进来。

"啊。"

气氛一下子变得尴尬起来。

托克看了一眼按钮，背对着琵琶小声说道：

"你是要去爷头的房间吧？"

"嗯……祖奇先生叫我过去的。"

托克叹了口气，然后故作夸张地说道：

"当凯泽·施密特的外孙女真好啊！"

琵琵感到心头一紧。

二楼的门开了，托克头也不回地走进了工匠工作区。琵琵强忍着眼泪，等着门关上。

琵琵走在通向爷头房间的走廊上。

她发现，除了第一次走过时看到的画作外，走廊的墙上还挂着设计图、照片和水彩画等。

琵琵的目光被一张小照片吸引住了。

这张褪色的方形照片上有三名男子。他们看起来大概在二十五到三十岁之间。一个身材高大、看起来很严肃的男子身旁，站着一个把手插在大衣口袋里、眉毛浓密的男子，他看起来像是爷头。而爷头旁边则是——

"外公！"

外公以前和爷头一起工作过？那另一个高个子男人是谁呢？

琵琵盯着照片看了一会儿，然后敲响了爷头房间的门。

"请进。"

爷头的声音传来。

"打扰了。"

琵琶走进房间，看到祖奇和爷头正坐在沙发上。

"快坐。"祖奇催促琵琶赶紧坐下。爷头点燃了烟斗，深深地吸了一口。烟从他的大鼻子、嘴巴，甚至耳朵里冒了出来。

"谢谢。"

琵琶从包里拿出祖记，坐在椅子上。

她抬起头，发现爷头正盯着她看。她下意识地想移开视线，但还是忍住了，也盯着爷头的眼睛。爷头大笑起来，喷出一股浓烟。

"琵琶，从明天开始，你就在这个房间里工作了。"

"啊……"琵琶站了起来，"我，我连自己手头的工作都还没做好呢，而且让我越过托克和其他工匠，直接在这里工作……"

爷头先是睁大了眼睛，接着哈哈大笑起来。

祖奇瞪了琵琶一眼，说：

"不要想这么多没用的！"

"但是……我还称不上是个对别人有帮助的人。"

"有帮助？琵琶，你认为自己可以对别人有帮助吗？"

"不，我现在还不行，但总有一天……"

祖奇凑近琵琶，盯着她的脸。

"认为自己可以真正对别人有帮助，你这个念头从最开始就是错的。什么都不用说了，从明天开始，你就在这里帮爷头做事！"

爷头哈哈大笑，对琵琶说道：

"正如祖奇所说，我并不需要你帮忙。其他工匠来也一样。毕竟，事情还是自己做比较快。"

祖奇插了一句："所以你才没有培养出接班人啊。"

"要你管！再说了，祖奇你不也没有接班人吗？你稍不满意，就会'开除'人家。"

"我可从来没开除过任何人！所谓师傅领进门，修行靠个人，我只是不会事无巨细地教他们而已。"

"你又在强词夺理！"

爷头忍不住冲祖奇大喊，然后神情严肃地转向琵琶。

"从明天开始，你吃过早餐后就来这个房间。"

"啊……"

祖奇站起来说：

"那就拜托你了，琵琶。"

琵琶挺直腰杆，起身微微鞠了一躬。

"好的，我会努力的。"

琵琶即将在爷头的房间工作的消息迅速传开了。琵琶能感觉到大家的目光都集中在自己身上。

午饭是法拉费皮塔饼[1]，油炸鹰嘴豆饼里裹着蔬菜和芝麻酱。

---

1 一种中东地区的美食。——译者注

琵琶只吃了两口就放回盘子里了，坐在那儿等着午休结束。因为她知道回到分解室，还是会引起其他正在休息的工匠的关注。

"哎呀，你看起来不太高兴嘛，小不点儿。"

琵琶抬起头，看到蜜丝站在对面。

"我可以和你说会儿话吗？"

蜜丝坐在桌子对面，托着腮看着琵琶的眼睛。被蜜丝那深邃如泉水般的眼睛注视着，琵琶有些心慌，无措地低下了头。

"看来一言难尽啊。"

蜜丝模仿祖奇的语气说道。

"是的……对不起。"

"你为什么要道歉啊？你不是要去爷头的房间里做事了吗？这不是好事吗？"

"是的，可是像我这样的人……"

"你一定是想着，要是自己在爷头身边做事还把一切搞砸的话，会让大家失望吧。"

"倒也不是这样……"

"那是怎么样的呢？"

"嗯……"

正如蜜丝所说，琵琶的脑海中充斥着不安和担忧。要是做不好，拖了大家的后腿怎么办？会不会让祖奇和爷头失望？会不会成为大家的笑柄……

"你想去爷头那里工作，现在机会来了就赶紧抓住。你只要这么想不就可以了吗？"

"好的……"

琵琵完全没想过自己真正想要什么。她只想着尽快在爷头手下磨炼技艺，让弗里茨恢复原状……

"蜜丝……我可以问你一件事吗？"

"什么事？"

"我原来生活的世界和这边的世界，是不是发生了什么事？"

"退货量在增加，这个你知道吧？"

"我知道。"

"如果退货量一直增加，工厂可能就撑不下去了。"

"在这种时候……我却要去爷头的房间工作，这合适吗？"

蜜丝先是愣了一下，然后哈哈大笑起来。

"真是的，你太抬举你自己啦。你不需要考虑那么多！"

"对不起……祖奇也跟我说了同样的话……"

蜜丝收起笑容，直视着琵琵的眼睛。

"琵琵，你还是想不起来你外公去世时的事吗？"

"是的……我一试图回想，头就很痛……"

"那是因为，人在真正难受的时候会开启自我保护机制。"

"忘记……是好事吗？"

"在当时是的，但我们很难一直忘记。毕竟，人只要活着，就总会遇到让人难过或讨厌的事情，对吧？重要的是，克服它们，把它们变成美好的回忆。你要是一直逃避难受的事，就会变得不敢面对挑战和失败。但很多事情，你不去做的话，怎么会知道呢？只有做了才知道。"

琵琶觉得，蜜丝一语中的。

"好了，你快把饭吃完。这可是我好不容易做的。"

"啊，好的。对不起，这真的……很好吃。"

"不用道歉！"

蜜丝轻轻戳了一下琵琶的额头。

"机会迎面而来时，要紧紧抓住机会的刘海，因为机会的后脑勺没有头发，过去就是过去了。还有……"蜜丝站起身，双手叉腰，"我来教你工作的诀窍。"

"好。"

"不要考虑自己想做什么，专心做好别人需要你做的事……"

琵琶咽了一口口水。

"这样你才能出人头地哟。"

蜜丝眨了眨眼睛，潇洒地走开了。

琵琶感到一股力量从腹部涌起。她抬起头，注意到许多工匠还在远远地看着她。

但那些目光已经不再让她耿耿于怀了。

现在，最重要的事情是什么？

那就是在爷头的手下，做好他要求的事情。

琵琶强忍着泪水，咬了一大口皮塔饼。

第二篇

✿

修习、试炼和世界的危机

琵琶的妈妈打了个冷战。

琵琶的爸爸和三个穿着黑色正装的男人就站在家门口。

细小的雪花从天空飘落，整座城市都安静了下来。道路像是铺上了一层白色的地毯。

站在中间的男人说：

"这么晚来打扰，实在抱歉，施密特先生。"

用没有丝毫起伏的语调说完后，他看向琵琶的妈妈。

"夫人，见到您荣幸之至。"

男人深深地鞠了一躬。

妈妈不安地看向爸爸。

"这么突然惊扰你了。他们是记忆连锁公司的代理人。这次的改革能够如此顺利地进行，多亏了他们的协助。"

"哪里哪里，市长也高度赞扬了施密特先生您对改革的热情。听说夫人也在与工匠协会的沟通协调中发挥了重要作用。"

"我父亲过去曾是工匠协会的成员，所以……"

"我正是为此而来。"

"您有什么事吗？"

"我听说令尊……凯泽·施密特先生去世了……"

"是的……"

"我们深感悲痛。"

代理人深深地鞠躬，他们维持着这个姿势，一动不动。

"哎呀，不要一直站在这里，请进来吧……"

男人们整齐划一地起身，说道：

"那我们就恭敬不如从命了。打扰了。"

说完，他们便进了门。

"不好意思，我女儿在楼上睡觉。"

"您女儿？"

"是的。她很依赖外公，自从我父亲……也就是她的外公去世后，她变得非常消沉。"

"您女儿叫什么名字？"

"她叫琵琶。"

男人抬头望了望二楼，然后转向妈妈。

"听说令尊是一位了不起的工匠。"

"那是过去的事了。他其实已经退休多年，不过因为总是有人来找他帮忙，他便继续工作。他一直在自己的工坊里，忙着修理各种东西。"

左右两边的四方脸男人对视了一眼。

"工坊……"

"是的，工坊在旧城区，之前他整天都待在里面敲敲打打。"

中间的男人直勾勾地盯着琵琶的妈妈。

"那个……有什么问题吗？"

"请务必让我们参观一下令尊的工坊。"

三名黑衣代理人脸上露出一模一样的笑容。

✿

　　琵琶坐在床边，紧了紧靴子的鞋带。她昨晚一直睡不着，直到天快亮时才迷迷糊糊地睡了过去。

　　祖记上写着这样的回复：

　　从今天开始，你就要去爷头那里做事了。

　　你只需要逐一做好爷头交代的事和自己力所能及的事就好。

　　对现在的你来说，保持一张白纸的状态才是最好的。只有用清澈的眼睛去看，重要的事物才会显现出来。

　　那么，就拜托你了。

祖奇

　　经过一夜的辗转反侧，琵琶已经整理好了心绪。

　　她只需要做爷头需要她做的事。这也是现在的她唯一能做的。

　　琵琶走出寝室，去食堂吃了早餐，随后便朝大厅走去。

　　吃完早餐的工匠们聚在电梯前。

琵琶迅速溜进电梯，待工匠们在二楼下电梯后，她按下了去五楼的按钮。

烟雾从爷头的房间飘了出来。

"打扰了。"

没有回应。

"我是琵琶，请您多多关照。"

仍然没有回应。

琵琶走进房间，努力在烟雾中睁大眼睛寻找爷头的身影。

爷头似乎正躺在沙发上。桌上放着一个很大的马克杯，旁边还有一个大小刚好适合琵琶用的杯子。

爷头胸前搁着他摘下的眼镜，此刻他正躺在沙发上呼呼大睡。

琵琶把包挂在椅背上，取出祖记和铅笔，将它们放在桌上，然后开始四下打量这个房间。

工作台周围堆着数不清的工具和零件。墙上的设计图用图钉固定着，从天花板上垂下的滑翔机仿佛在云雾中飞行。

"呜嘎。"

爷头的呼噜声中断了，他发出一个奇怪的声音。

"呜嘎嘎。"

爷头微微睁开眼睛，看到了琵琶。

"喔——"他低吟了一声后便坐起身来，眨了眨眼睛问："嗯？

我现在在哪儿？”

琵琶不知该如何回答，只能沉默。

“啊，在这边啊。是啊，是啊。”

爷头揉了揉眼睛，把素描本放到桌上。他戴上眼镜，朝琵琶转过身来。

“刚才我回到了五岁的时候……”

爷头将嗓音放低，像是在说一件理所当然的事情，他那长着长睫毛的大眼睛转了几圈。

“在半睡半醒之间，有时不就会回到五岁的时候吗？要抓住那个瞬间，要迅速。”

五岁的时候……琵琶对那个时候的自己好像有点儿印象，但又无法清晰地想起来。

“早上好，爷头，从今天起，请多多关照。”

“好啦好啦，坐吧。”

爷头说着起身，点燃了他的烟斗。他悠悠地吐出一口烟，烟雾遮住了他整张脸。

“来，喝点儿，喝点儿。”

“谢谢。”

琵琶拿到了一杯散发着淡淡苹果香气的茶。

“昨天祖奇和我说过了。”

"嗯。"

"埃勒纳的口信我也听说了。两边世界的平衡被打破了。唉，大家都很头疼呢。虽然头疼，但也没什么办法……不，总要想办法解决。"

"埃勒纳说，那边世界的人正在忘记他们的过去……"

爷头哼了一声，喊道："多说无益！"

他又补充道："不是忘记不忘记的问题。重要的是，现在我们该做什么……"

爷头微微抬起头，看着琵琶。

"对了，关于凯泽……"

"我外公吗？"

"你想起什么了吗？"

"嗯……"

"我想知道凯泽去世前在做什么工作。"

"对不起……我想不起来。"

"凯泽去世的时候，你是不是在他身边？"

"是的……"

爷头沉默了一会儿。

"唉，算了。那个东西是凯泽留下的吧？"他指了指琵琶身后。

"啊……"

琵琶小声惊呼。她看到弗里茨正安静地躺在工作台上。

琵琶凑近工作台。

"弗里茨的很多零件不见了。很多东西都得从头开始做。"

爷头走到琵琶身后。

"从今天开始，你就在这里帮我做事……吃完晚饭后，请你回到这里继续工作。"

"好的。"

"临睡前的一小时，我会教你修理弗里茨的方法。"

琵琶的心脏猛地跳了一下。

"本来我想花更多的时间教你，但现在必须加快速度了。而且你待在我这里，说不定能想起凯泽最后到底想要留下什么。"

"外公想要留下的？"

爷头点点头，直视着琵琶的眼睛。

"如果你觉得自己做不到，那修理弗里茨的事就到此为止。"

琵琶不再犹豫。

"请让我试试看。请您多多关照。"

爷头吐出一口烟，哈哈大笑起来。

❋

玩具博物馆里，埃勒纳馆长和蕾蒂并排坐在小电影院的椅子上面。

两人都变成了五岁左右的可爱小孩的模样。放映机正在运转，发出咔嗒咔嗒的声音，七彩光束从他们头顶掠过。

屏幕上呈现的是卡尔莱昂的现状。

人们每天奔波劳碌，疲惫不堪，无论是好事还是坏事，大家都忘得一干二净，只专注于当下的生活。

蕾蒂叹了口气。

"改革之后，大家反而看起来没什么精神了……"埃勒纳把手肘撑在座椅扶手上，托着腮说，"改革规整了人们的生活节奏，人们被接二连三如潮水般涌来的信息裹挟着前行。现在，周遭的一切信息灌输的都是活在当下的理念。因此，人们没有时间去回望过去，更别提把记忆沉淀成美好的回忆了。"

"而且……大家看起来都很焦虑。"

"人们只有在有目标、被需要的时候，才能安心地生活。在对未来感到茫然的情况下，被改革、变革的口号推着走，人们难免会焦虑。"

"嗯。"

"高喊改变现状的口号很容易，但真正重要的是，在回望过去的基础上寻找未来……"

"接下来会变成什么样呢？"

"那边世界的人们正在遗忘记忆……这样一来，这边的世界就失去了存在的意义……"

"这是什么意思？"

馆长露出落寞的神情，低声说：

"这边的世界会消失。"

"为什么？"

"这边的世界建立在那边世界的回忆的基础上。如果那边世界的人们不再珍惜回忆，这边的世界就会消失。"

"怎么会……那边世界的人们肆意妄为，我们却要为此付出代价，这太不公平了！"

"可是……事实就是这样。"

"为什么？为什么会变成这样？"

"其实早有预兆。自从那些男人来到卡尔莱昂之后，一切都开始发生变化。"

"那些男人？"

"就是那些黑衣代理人。他们通过推广所谓的'服务'，让人们不再珍惜过去，而是沉迷于与他人比较，追求虚妄的幸福。"

"幸福不是因人而异的吗？"

"是的。但一旦开始比较，人们就会忘记这一点。人们甚至会通过贬低他人来获得虚假的满足感。"

"黑衣代理人到底是些什么人？"

"他们是试图夺走那边世界的人们的记忆，从而消灭这边世界的人，而且他们并不是第一次出现。"

"他们是什么时候出现的？"

"当人们不再回望过去时，他们就会出现。"

"他们到底想做什么？"

"他们想夺走人们的记忆，让人们互相竞争，按照他们的意愿行事，这样他们就能从中牟利。他们游说市长拆除作为卡尔莱昂象征的钟楼，还试图改造旧城区。不仅如此，他们似乎在寻找通往这边世界的道路……"

"为什么？"

"祖奇正在调查这件事。如果能知道凯泽最后在修的东西是什么……"

"琶琶的外公在修的东西？"

"嗯。凯泽生前好像跟祖奇和爷头提起过。"

"他说了什么？"

"他说，如果能修好那个东西，也许就能守护两个世界……"

屏幕上的画面切换了。

莉娜和一些孩子正盯着补习班的平板电脑。一位穿着黑色西装的老师身后有一块电子黑板，上面密密麻麻地写满了公式。

"好了，做完的同学请举手。" 老师冰冷的声音在教室里回荡，"只要现在努力，将来就不用吃苦了。"

莉娜举起了手。

"老师，我做完了。"

屏幕上跳出公式，随即出现了分数。

"莉娜·穆拉诺同学。"

分数转化成柱状图上的一个矩形条，显示出莉娜的成绩排名。

"你的成绩在卡尔莱昂位列第一，可是……"

在代表莉娜分数的矩形条右侧，冒出一个更高的矩形条。

"放到全国范围内，你还差得远……"

莉娜的头垂了下去。

"你将来要肩负起管理卡尔莱昂的重任。我们受你父亲所托，必须让你各方面的素质达到更高的水平。只要你现在努力，将来一定能获得幸福。请继续做下一道题。"

莉娜脸色发白，重新看向平板电脑。

蕾蒂叹了口气。

"这算什么事啊！这些孩子什么时候能玩呢？"

埃勒纳一边转动玩具飞机的螺旋桨，一边回答：

"为了规避将来的失败……他们正在提前做准备。"

"提前准备？要提前准备什么呢？不亲自尝试，不经历失败，又能学到什么呢？"

"你说得对。但在那边的世界，人们认为失败是纯粹的坏事，做一件事注定要失败、要经历痛苦的话，还不如不做……人们更倾向于选择安全的路，渐渐失去了挑战的勇气。"

"所以提前学习，是为了避免失败？还有，他们要改革什么？小孩子们能改革什么？他们甚至还没开始他们的人生。"

"大家都只有和别人一样才安心。"

"和别人一样，这多无聊啊。"

"嗯，蕾蒂，你可能有点儿不一样。你一天之内就能经历其他人的一生——从孩子到成年人再到老人。一晚上过去后，你又变回了孩子。"

"是啊，睡觉前我会想，今天也过得十分精彩。"

"你早上起来的时候感觉如何呢？"

"我感觉焕然一新，告诉自己新的一天也要加油！"蕾蒂吐了吐舌头。

"可是，那边世界的人们不像你这样。对他们来说，要考虑的事情太多了……"

"这次不是'一言难尽'，而是事情真的太多了……小不点儿的情况如何？”

　　“你说的是琵琵吧。”

　　屏幕上显示出琵琵在那边世界的样子。

　　琵琵一放学就径直回家，把自己关在房间里。她整日神不守舍，每一天都过得浑浑噩噩。

　　“她的心现在在这边的世界，所以对那边的琵琵来说，心的时间停止了。”

　　“琵琵……会怎么样呢？”

　　“她的心会暂时留在这边。但总有一天，她的心会回去。”

　　“是啊……凯泽之前也不能一直待在这里。”

　　“要是琵琵能想起凯泽去世时的事就好了，尤其是他最后想修好的东西是什么……”

　　“嗯……”

　　放映机再次发出咔嗒咔嗒的声音。

　　埃勒纳站起身，他又变回了白发老人的模样。

　　蕾蒂从椅子上跳下来，拍了拍裙子的下摆，攥紧了小拳头。

　　“难道……就没有别的办法了吗？”

　　“现在，我们只能依靠爷头和祖奇了。过去，他们两人无数次把不可能变为可能。这次肯定也一样，说不定他们已经想到办法了。"

"说不定他们什么都没想呢。"

"确实有这个可能！"

埃勒纳忍不住笑了出来，蕾蒂也跟着笑了起来。

梅西亚和穆西亚并肩坐着，注视着他们二人。

✿

琵琶需要在爷头开工之前做好准备工作，确保爷头一来就能立刻投入工作。她要把当天的工作任务整理好，写在清单上，然后把相关物品放在工作台旁边的架子上。

清单上要附物主的信，上面写着物品的名称、尺寸、零件情况，以及修复负责人的签名和交货期。

关于如何在爷头手下工作，祖奇是这样教导琵琶的。

你得学会预判。

在爷头面前，想清楚再行动就太迟了。但不思考就行动更不可取。最不可取的是，因为想太多而不敢行动。

工作八成靠整理。开工后再整理就晚了。你要记住，开工时，就要做到心中有数，要能看到工作完成时的样子。

"早。"

爷头在门口脱下外套。

"早上好。"

爷头点燃烟斗，吐出一口烟。

"我去泡咖啡。"

"不用，我自己来就好。你别太照顾我。再说……这些事情不亲自做的话，手艺会生疏的。"

爷头把热水壶架在火上，然后抓了一把咖啡豆放进木制磨豆机，开始转动把手。磨豆子的声音令人心旷神怡，很快，浓郁的香气便在房间里弥漫。

他把磨好的咖啡粉从磨豆机转移到布制滴滤器里，用拳头轻轻捶打，让咖啡粉变平整，然后从高处注水。

咖啡粉膨胀起来，从造型上看就像舒芙蕾一样。

"你觉得很麻烦吧？"

爷头瞥了琵琶一眼。

"不……我觉得很美。"

细小的气泡咕嘟咕嘟地冒出来，接连破裂。

"麻烦的事情往往十分重要。"

深棕色的咖啡液缓缓流入保温咖啡壶。

"大家都想走捷径，然而捷径是不存在的。只有亲自去走了才知道，啊，往这边走是行不通的；往那边走，还是不对。但并不是说我们可以随便选一条路尝试，如果不走当时自认为最好的那条路，日后难免会重新来过。真正的走捷径，不是抄近路，而是经过深思熟虑后，选择我们当时认为最好的那条路。"

爷头的工作内容远远超出了琵琶的想象。

那些普通工匠处理不了的棘手物品，一个接一个地被从工匠工作区运了进来。

有老电影院的放映机、刻着太阳和月亮运行轨迹的挂钟，还有可以播放数百张唱片的唱片机……都是让人看了就觉得头晕目眩的东西。

爷头的桌上摆放着三副眼镜，分别是早上用的、中午用的和晚上用的。

"我的视力会随着时间变化。"

他在检查零件的时候，双手还会同时做别的工作。

爷头完成前一天没做完的工作后，开始修理全景画盒。

这是一个传统玩具，装饰精美的盒子里有多层图画，人们向内望去，仿佛能看到世界深处。爷头拆开褪色的盒子，取出层层叠叠的赛璐珞，用画笔逐一修复上面的画。

在爷头正在修复的这张画中，一个少女站在一棵大树旁望着森林深处。

在另一边，有一只白鹿正凝视着远方。

"你能听到吗？风声，还有树叶的沙沙声。"

"能。"

"一幅画不能只有一种含义。"

爷头一边等待颜料变干，一边把分成五层的全景画，一张一张地摆放在工作台上。

"比如，这一张。"

第一张画上，少女手扶大树，望向森林深处。

"从这张画中，你能看出什么？"

琵琶站在画前。

"这棵大树的树干很粗，它一定很久以前就在这里扎根了。"

"再详细说说。"

"嗯……女孩穿着白色连衣裙，帽子也是白色的，我觉得她不住在这片森林里，而是从别的地方来的。"

"那这一张呢？"

第二张画上，绘着飘舞的树叶。

在透明的赛璐珞画板上，嫩绿色的树叶正在舞动。

"树叶在飘舞。它们不是棕色的，所以肯定不是秋天。女孩穿着长袖连衣裙，应该也不是夏天，可能是春天吧……"

"那这张和那张呢？"

第三张画上画着一方池塘，白鹿倒映其中。第四张画上画的是那只白鹿。

"我从没见过白鹿。也许它是想象出来的生物。它在凝视远方，可能没有注意到女孩……"

爷头盯着那张画说：

"白鹿是存在的。"

第五张画上描绘的是一片广阔无垠的森林。

爷头在调色板上滴了一滴水，开始调色。

"白鹿自古以来就被视为神的使者，世界各地都有类似的传说。据说有白鹿居住的地方会变得富饶，一旦杀掉它便会招来灾难。"

爷头一边说，一边挥动画笔。

他将颜料吹干后，把五层画一张一张地放回全景画盒，然后盖上盖子。

"你看看。"

琵琵蹲下，往全景画盒里看去。

"哇！"

原本褪色的平面世界重新充满了光和色彩，琵琵仿佛置身于真正的森林中。她似乎能听到风声、树叶的沙沙声和少女的呼吸声。琵琵深切感受到了森林的静谧与安宁。

"看看深处。"

琵琶全神贯注地寻找白鹿。透过树木间隙洒下的阳光让白鹿显得既虚幻又神圣。

"我要说说……我的解读。"爷头的目光越过琵琶的肩膀，注视着盒子说，"人们不能踏入这片森林。"

"是。"

"这个女孩不能再往森林深处走了，而白鹿也没有意识到自己正在被人凝视。当然，解读方式有无数种。每个人心中都有自己的故事。我们只是在猜测制作它的人当时在想些什么。"

琵琶默默点头。

"一幅画不能只有一种含义。"

爷头像在自言自语似的，又重复了一遍。

"无论是绘画、制作还是修复，都不应该局限于一种含义。要思考多种潜在的含义。这样，当人们拿起它时，心中才会诞生属于自己的故事。"

说完，爷头放声大笑起来。

| 第十二章 | 黑衣代理人的入侵

　　黑衣代理人的计划正悄无声息而切切实实地影响着阿西托卡加工所。

　　他们利用城市数据库筛选出现存的历史遗迹与古老建筑，最终查明凯泽·施密特的工坊就是连接两个世界的通道。

　　一个飘雪的日子，黑衣代理人来到凯泽·施密特的工坊，对琵琶的父母说：

　　"我们认为，保留外公的工坊对琵琶并非好事。如果她一直沉浸在痛苦的回忆中，心灵创伤就很难愈合。这样下去你们女儿的未来将十分令人担忧。"

　　这些人的游说手段极为高明。他们让琵琶的父母相信，琵琶之所以封闭内心，是因为被与外公相关的回忆束缚住了。见琵琶的父母有些动摇，黑衣代理人便顺势提议将工坊交给市政府管理。

　　"工坊的钥匙就交给我们保管吧。凯泽先生留下的物品都具有历史价值，我们会将它们妥善保存在合适的地方。"

尽管琵琶的父母有些不知所措，但这几个人早已赢得市长的信任，所以他们无法拒绝。

一拿到工坊的钥匙，黑衣代理人立刻穿过琵琶与祖奇曾走过的昏暗楼梯，前往那边的世界。

三个身着黑色正装的男人的身影与黑暗融为一体，就像消失了一样。唯有他们的声音在黑暗中回荡。

"曾经，连接两个世界的通道有很多——教堂、博物馆、纪念馆、墓碑……只要某个地方承载着人们大量的回忆，那里就会成为连接两个世界的通道。"

"连接两个世界的通道正在一个接一个地关闭。"右边的男人接话道。

左边的男人接着说："改革越深入，那个世界存在的意义就越小……"

"一切进展顺利。只要拆除卡尔莱昂的钟楼，然后以此开始旧城区的智能化改造，我们公司的利润就会持续增长……"

"别大意。我们还有事没有做完。无论让人们遗忘多少事情，只要那些修理回忆的人还存在……"

"阿西托卡加工所——回忆修理工厂……"

"没错。这次，我们必须让他们向我们俯首。"

男人们穿过类似教堂的空间，踏入了甘轳。广场上毫无生气，店铺卷帘门尽数拉下，路上行人寥寥，无人注意到他们的存在。

"改革的效果似乎已经显现了……"

"人们一旦忘记过去，这边的世界就会日渐荒芜……"

轰隆隆的声响传来，甘轳与通往工匠街的道路在轰鸣声中连为一体。

曾经充斥着工匠的说话声和机器作业声的亨特维尔克街如今也变得十分冷清。

"收购方案准备得怎么样了？"

"我们的代理人已经在挨家挨户地联系工厂主。"

男人们冰冷的脚步声在亨特维尔克街上回荡。

他们穿过工匠街，来到阿西托卡加工所门前。中间的男人按响了门铃。片刻后，罗诺探出头来。

"来了来了，有什么事吗？"

中间的男人递出一张黑色的名片。

"记忆连锁公司？"

"百忙之中打扰了。请问这里是阿西托卡加工所吗？"

"没错。"

"修理人们的回忆，让它们重新焕发光彩——人们口中的回忆修理工厂，就是阿西托卡加工所，没错吧？"

罗诺挺直胸膛回答：

"正如您所说。经过多年修炼的工匠们，会把那些伤感的回忆修复成美好的回忆。"

罗诺心底突然涌起莫名的不安。

"我们也承接像您这样上门委托修理的业务，不过最近情况复杂，您的东西可能要等很久才能修好……"

"我们想见见总监。"

"总监……您是说爷头吗？抱歉，这里是工厂，我们不接受参观……"

"我们不是来参观的，而是来谈生意的。"

"噢，是关于合作的事情啊。如果是这样的话，您可以找祖奇。"

"祖奇？"

"是的，他是这里的厂长。"

"请务必让我们见见祖奇先生。"

"很不巧，祖奇刚好外出了……"

"我们可以等，我们有的是时间。"

尽管罗诺心头掠过不祥的预感，但男人不容置疑的语气让他无法拒绝。

"你们可能需要多等一会儿……"

他打开门，让男人们进来。

"这里有多少工匠？"

"一百五十二名。如果加上见习工匠，那就远超这个数了。"

右边的男人开始用相机拍摄工厂内部。

"啊，请不要拍照。这里保管着客户们珍贵的回忆。"

"失礼了。"

就在这时，米娅看到了罗诺，急忙跑了过来。

"罗诺先生！不好了，又有退货的卡车来了。"

"米娅，等一下可以吗？现在有客人。"

"可是不快点儿搬进来的话，下一批退货马上就要到了……"

"唉，真伤脑筋。"

男人们静静地看着两人。

"罗诺、米娅，你们辛苦了——"

托克抱着木材，正准备去搭乘电梯。

"啊，你来得正好……托克，你能带客人去金鱼缸吗？"

"去祖奇先生那里？当然可以！"

中间的男人递给托克一张名片。

"打扰您了，真是不好意思。"

"记忆连锁……！这名字听起来很酷啊。只要带他们去金鱼缸就行了吗？"

"嗯。也不知道祖奇先生什么时候回来……"

"我可以带他们参观工厂！"

罗诺皱了皱眉头，但中间的男人已快步走到托克面前。

"这可真是……想不到能有机会参观有名的回忆修理工厂，真是荣幸之至。"

"那可不！"

托克挺起胸膛。

"那就拜托你了，托克。"

罗诺和米娅匆匆跑向仓库。

"不好意思，最近退货的人越来越多……大家都焦头烂额的。我叫托克，托克·比内马亚，是这里的见习工匠。"

"托克先生，感谢您在百忙之中带我们参观。"

"您客气了！那我们走吧！我们工作的地方在二楼，祖奇的房间也在那里。"

托克带着男人们乘电梯上到二楼，来到工匠工作区。

中间的男人问托克：

"这里机械化程度有多高？"

"我们这里除了手工工具，什么都不用，工匠们全靠手工一个个修复物品。祖奇不喜欢机器。"

"为什么？"

"什么为什么？"

"将那些不必由人类做的工作交给机器去做，不是更有效率、更有生产力吗？你不这么认为吗？"

"这个……也许吧。"

男人们似乎对工厂的工作和技术毫无兴趣，接踵而至的问题让托克应接不暇。

"每个人每天的工作效率是多少？"

"新零件和旧零件的使用比例是多少？"

"每平方米的工匠人数是多少？"

"每天的生产力和成本效益比是多少？"

托克从未想过这些问题。渐渐地，他觉得自己一直以来引以为傲的工作似乎已经过时。

"托克先生，"中间的男人问，"您……在这里的职位是什么？"

"职位？"

"就是头衔。"

"哦，我是通过新人修习期的见习工匠，只要再通过工匠考试，就能拿到蓝色工装，成为一名真正的工匠……但那还早着呢。"

"托克先生，像您这样优秀的年轻人，到现在还只是见习工匠，真是太可惜了。"

"哪里……我还差得远呢！还要多多修炼才能独当一面。"

"那修炼……需要多长时间？"

"这得看爷头和祖奇先生的安排，一般是五到十年……"

男人内心的惊讶溢于言表。

"十年！这期间您需要学些什么呢？"

"很多啊，比如为爷头和工匠们的工作做准备、打磨零件、补充缺少的部件……"

"这些完全可以交给机器来做。把宝贵的时间浪费在每天重复同样的事情上，你不觉得太不值了吗？"

"这……"

托克抬起头，看到琵琶抱着一摞工作表从电梯里走了出来——她穿着红色工装，是从五楼下来的。托克立刻低下头，背过身去。

"那个女孩是谁？"

中间的男人注意到托克的举动，追问道。

"她是新来的，是凯泽·施密特的外孙女，现在在爷头的房间里工作……"

"凯泽·施密特的外孙女……"

男人盯着在工作台间穿梭的琵琶看了一会儿，又看向托克沮丧的侧脸。

此时琵琶正按爷头的指示给工匠们分发上午的工作表。工作表上详细记录着爷头的指令，工匠们工作区传来"原来如此""这可真不容易""不愧是爷头"之类的低语。

　　琵琶分发完工作表后，被罗诺叫住了。他刚从金鱼缸出来。

　　"啊！琵琶，有点儿事想请你帮忙……"

　　"好呀。"

　　"能帮我拿五杯咖啡来金鱼缸吗？"

　　"好的，祖奇先生的咖啡要淡一点儿，对吧？"

　　"嗯，谢谢。你帮大忙了。"

　　琵琶在茶水间泡好咖啡，朝金鱼缸望去——三个穿黑色正装的男人正与罗诺面对面坐着。

　　"这些人……"

　　琵琶总觉得在哪儿见过他们。

　　"不好意思，他应该很快就会回来……"

　　罗诺向正襟危坐的男人们低头解释。

　　"没关系，在这个世界里，我们有的是时间。"

　　琵琶单手托着托盘，敲了敲玻璃窗。

"打扰了。"

"啊，谢谢琵琵。你帮我放在那儿好吗？"

"好的。"

突然，一阵急促的脚步声传来。祖奇穿过工匠工作区，走进了金鱼缸。

"哎呀呀，真不好意思。事情太多了，让大家久等了。"

男人们站起身，整齐划一地向祖奇鞠了一躬。

琵琵抱着托盘，站在那里，不知所措。

"您好，我是记忆连锁公司的代理人。能见到阿西托卡加工所鼎鼎大名的厂长祖奇先生，真是万分荣幸。"

中间的男人简直像在朗读演讲稿。

"太客气了，请坐。"

琵琵把咖啡依次放在男人们面前。桌上放着一张黑色的名片。祖奇一边抬头看着男人们，一边吸溜着咖啡。中间的男人把眼睛眯得更细了。

"为了这次拜访，我们对鼎鼎大名的阿西托卡加工所做了不少调研。听说它已经成立了……五十年。"

"有这么久了吗？哈哈，我们只专注于眼前的工作，还真的从未回望过去。"

祖奇用一种装傻的语气说道，随后点燃了一支香烟。

"你们让承载着人们回忆的物品重新焕发光彩，这真的太棒了。"

"我们只是随性而为，不知不觉就经营到了现在。"

琵琶放下罗诺的那杯咖啡，瞥了祖奇一眼。

祖奇用拇指按压眉间，闭着眼睛似乎在思考什么。

中间的男人表情严肃地说：

"不过，以祖奇先生的洞察力，您应该已经察觉到时代的变化了吧……"

听罢，祖奇睁开眼睛，盯着说话的男人的脸。

"令人遗憾的是，那边的世界变了。"

"那边的世界？"

"是的。人们一味追求新事物，不再需要旧东西了。"

左边的男人在键盘上敲了两下，将笔记本电脑转向祖奇。屏幕上是一张饼形图，上面清晰地显示着阿西托卡加工所发货量与退货量的比例。

"过去半年，退货率急剧上升。你们花了那么大的气力修复东西，结果全都白费了。"

听到"白费"二字，琵琶心里一阵刺痛。

她微微鞠了一躬，转身离开了金鱼缸。

"我们也想为阿西托卡加工所的发展出一份力。"

中间的男人露出假笑，随即将屏幕切换到一张折线图，图上的折线走向呈上升趋势。

"在卡尔莱昂，穆拉诺市长的改革吸引了大量投资。经济增长率稳步提升，经济形势一片大好，人们的购买欲望日益高涨。现在，已经没人想修复过去的东西了——甚至可以说，人们根本不想回忆过去。"

说罢，他满意地点点头，仿佛在认同自己的这番话。

"祖奇先生，如果您继续当前的经营方针，只会让退回的货物堆积如山。不如趁此机会将工厂自动化，生产新玩具或是面向成人的智能手机吧。让我们一起为全世界的人带来梦想和感动吧！资金和赞助商由我们来协调。我们会将能自动化的环节全部自动化，用最新软件提升工作效率，让工匠们专注于更具创造力的工作，别再修理旧东西了，从零开始创造新事物，不是更能施展工匠们的才华吗？"

祖奇闭着眼睛沉默不语。

"祖奇先生，现在早已不是回顾过去、执着于旧事物的时代了。让我们展望未来，把世界改造成崭新的模样吧！"

中间的男人激动得像是被什么附体了似的，语调高昂，情绪亢奋。

罗诺提心吊胆地站在一旁，生怕祖奇突然发飙。他想起一位工匠曾说过："被祖奇骂的时候，整个人就像被撕碎了一样。"

祖奇缓缓睁开眼，开口道："真是个极具吸引力的提案。"

来了来了，罗诺心里暗自笃定，但很快就惊讶地抬起头——祖奇的话完全超出了他的预料。

祖奇一脸若无其事的样子继续说：

"毕竟时代在变嘛。"

"您会认真考虑我们的提案吗？"

"是啊。我也不知道明年这家工厂会变成什么样，毕竟我们连经营计划都没做过。一直以来，我们都是率性而为。"

"您又说笑了。您是一位有能力的经营者。大家都说，有祖奇先生，才有阿西托卡加工所。"

"我倒是无所谓啦。不过，这家工厂是我和爷头一起经营的。他现在还在工作——爷头太喜欢工作了，我都忘了他多大年纪了……但我想，他大概到死都会坐在工作台前吧。"

"我相信总监肯定会理解的。到时候你们的名字会响彻全世界。"

中间的男人从包里取出一个黑色信封放在桌上。

"这是阿西托卡加工所的改革方案。当然，厂长您和总监依然享有经营权。烦琐的手续、资金筹集、产品流通等事务都由我们处理，工匠们可以专心发挥创造力。"

"我会拜读的。"祖奇吐出一口烟，慢悠悠地开口，"我有个问题……"

"您请说。"

祖奇看向桌上的黑色信封。

"为什么要给我们这么详细的提案？"

"因为我们十分敬重各位工匠，并且担心大家的未来……"

"这样啊。"

"如果你们继续这样经营下去，早晚会被时代抛弃的。有人得利，就有人受损。这就是世间的道理。在阿西托卡加工所工作的人也需要实现工作与生活的平衡，我们需要满足人们的需求，让大家跟上时代的步伐……"

祖奇打断了男人的话。

"一直以来，我们从未追逐过时代的潮流……你们应当比我们更清楚我们要做的是什么。"

男人的目光突然黯淡了下来。

"祖奇先生，我们改天再细谈吧。我们可以一边喝葡萄酒一边……"

"很遗憾，我不喝酒。"

"是吗……那我们可以边吃边聊……"

祖奇站起身来，说：

"一言难尽啊。"

罗诺关上工厂的大门，长叹了一口气，只觉得双肩沉得像灌了铅一样。那些人的话仍在耳边萦绕。

祖奇会接受他们的提案吗？确实，若退货率持续走高，要不了多久，工厂的经营就会难以为继……

就在这时，米娅脸色苍白地跑了过来。

"罗诺先生，您去哪儿了？又有两辆卡车开过来了！我们好不容易才把刚才的货物搬进地下室……运输公司的人说他们人手不够，希望我们暂停发货……"

"他们在说什么傻话！"罗诺皱起眉，"还有很多人等着我们修好的东西呢。"

米娅垂下眼帘，声音细若蚊蝇。

"真的……还有人在等吗？"

罗诺一时语塞。这正是他反复问自己的问题。

曾几何时，他对这份工作充满自豪。可如今只剩下难以排遣的不安：我们的工作，真的被需要吗？

他把手放在米娅肩上。

"别担心。祖奇先生和爷头肯定会像以前一样，用意想不到的好点子帮我们突破眼前的局面。"

尽管嘴上这么安慰米娅，罗诺心里却毫无底气。

✿

黑衣代理人在亨特维尔克街的尽头等候着甘轱转动。右边的男人将方形手表举到唇边。

"我们该怎么向总部汇报？"

"现在还不用汇报。"

中间的男人依旧目视前方。

"可……这么好的消息应该早点儿汇报吧……"

"现在还不确定是不是好消息。"

两边的男人对视一眼，面露疑惑之色。

"但他说会考虑……"

"那个叫祖奇的男人，没那么好对付。"

"您的意思是？"

"凯泽·施密特的外孙女为什么会在那里……"

从地面传来低沉的轰鸣声，甘轱缓缓转了过来。

太阳即将西沉，建筑物投下的阴影遮住了男人们的脸。

"立刻去调查那个叫祖奇的男人。还有，那个叫托克的见习工匠说不定能派上用场……如果他们不接受我们的提案，我们就得启动下一步计划。"

"下一步计划？"

"抹掉阿西托卡加工所，彻底切断通往这边世界的路……"

"明白。"

在轰鸣声中，甘辖与亨特维尔克街连在了一起。

✿

琵琶在食堂吃着早已过点的晚餐。

在金鱼缸听到的对话始终萦绕在她耳边。

今晚的主菜是柠檬香煎猪排：裹着面粉的猪排滋滋作响，外皮酥脆；咬下去后，浸满了柠檬汁的浓郁肉香在口腔中弥漫开来。虽然只简单地用盐和胡椒粉调了味，但在刺山柑的衬托下，猪肉的鲜美层次分明，每一口都有新的滋味在舌尖绽放。

"哟，小不点儿，这么晚才下班！"

琵琶抬头，见米赛斯站在桌前。

"晚上好，抱歉现在才来吃饭。"

"爷头又忙到这么晚？今天怎么样？"

"爷头太厉害了，我感觉他像有三头六臂似的。"

"哈哈！他现在可老喽，年轻时更厉害呢。"

"是啊，他不仅会修理，还会自己制作零件……"琵琶突然想起了一直存在于她心里的那个疑问，"我能问个问题吗？"

"当然可以。"

"罗诺和托克都说，这家工厂是专门修理东西的。"

"没错。"

"可爷头和工匠们不仅会修理东西，还能从头制作缺少的零件。他们为什么不直接制作全新的东西呢？"

"大家为什么执着于修理……你想问的是这个吧？"

米赛斯解下围裙，慵懒地靠着椅背坐下，这与蜜丝干脆利落的行事风格截然不同。

"因为……如果那边的世界不存在了，这边的世界也就不复存在了。"

"这是什么意思？"

米赛斯微笑着望向远方。

"送到这里的东西，凝聚了那边世界的人们的回忆。"

"嗯，埃勒纳馆长跟我说过。"

"它们虽然有具体的形态，却未必是那边世界里的真实模样。有时候，受伤的心也会以某种形态被送过来。"

"是的。"

"这些受伤的回忆在工厂被修复后，那边的人才能迈出新的一步。把痛苦的过去变成美好的回忆，他们才能继续生活下去——我们正是在帮他们从回忆中走出来。"

"嗯。"

"所以说，如果没有来自那边世界的回忆，我们就没有存在的意义。"

琵琶的脑海中浮现出卡尔莱昂的人们的身影：爸爸妈妈，还有莉娜，她们的回忆也会被送到这里吗？

米赛斯静静看着陷入沉思的琵琶，补充道：

"还有一个原因。"

"是什么？"

"和你的外公凯泽·施密特有关。"

"与外公有关？"

"对。爷头和凯泽有个约定：不用机器，只亲自用双手修复大家的回忆……"

"果然是这样！爷头和外公以前是朋友吧？"

"是的。爷头年轻时也在卡尔莱昂工作过。"

"通往爷头房间的走廊里有张旧照片，上面有爷头和外公……还有一个高个子男人，他是谁呢？"

米赛斯眼中掠过一丝落寞，低声说道：

"他的事，以后再告诉你吧。"

看来米赛斯知晓外公和爷头的过往。

为什么爷头会在这边的世界创办回忆修理工厂？他和祖奇还有米赛斯是什么时候相遇的？祖奇与爷头为何执着于搞清楚外公最后

想修好的东西是什么……

琵琶端起托盘站起身。

"米赛斯，我要去爷头那里了。"

米赛斯笑着点点头。

"好，加油哟！"

✿

在卡尔莱昂市，《清洁女巫》游戏的投票结果让旧城区的古老建筑相继面临被拆除的命运，而有关钟楼是否拆除的投票期限也日益临近。

在能够将钟楼广场尽收眼底的市长办公室里，穆拉诺市长身着亮蓝色西装，系着鲜红的领带，手握智能手机，与黑衣代理人隔桌而坐。

"没想到在这么短的时间内就能取得这样的成果……这款游戏到底是怎么运作的？"

琵琶的爸爸也在场。他如今已升任改革负责人兼市长助理。他站在一旁，满脸疲惫，眼下挂着明显的黑眼圈。

"市长，距卡尔莱昂电视台的采访开始还有三十分钟。"

"嗯。"

市长一脸满意地应道。

左边的男人在屏幕上点开一张地图。

"这是改革前的卡尔莱昂市。"

河流南岸的旧城区，部分区域闪烁着红色的光芒。

随后男人切换了画面。

"这是现在的卡尔莱昂市。"

只见原本闪烁着红光的区块接连翻转，变成了蓝色的区块。

"拆除和建设的需求呈直线上升，新的参与者不断涌入。"

"市里的财政从赤字转为盈余，但我仍然觉得难以置信——改革反对派原先明明占据压倒性优势，怎么局势突然就逆转了⋯⋯"

市长一脸疑惑。

右边的男人回答道：

"民主制度总是试图通过少数服从多数来实现公平，这本身就是幻想。"

"嗯。"

"城市的财政如何运行、公共工程如何开展、为福利工程分配多少预算⋯⋯如果您认为市民的意愿可以决定这一切，那就是天方夜谭。现实中的民主制度并不完美，即便很多人持不同意见，但多数派的意见仍被视为百分之百正确。"

左边的男人接着说："例如，假设现在有一个关于'杀人是否正确？'的投票。市长，您是赞成还是反对呢？"

"我当然反对。不，这个投票本身就很荒谬。"

"就是这个意思。"

"什么意思？"

"那些积极参与投票的人，很可能是认同'杀人正确'的人。一旦赞成的票数过半，这些人的观点就会被认为是正确的。"

"这个例子真的让人毛骨悚然。"

"穆拉诺先生，您还记得您当选市长时的得票数，以及赞成和反对的具体票数吗？"

"不……我一时想不起来了。"

"即便如此，您仍然当选为市长。"

"你这话太失礼了！我是市民选出来的，我一直在兢兢业业地为这座城市的发展贡献自己的力量。"

市长不悦地将身子靠向椅背。

"那么……让我来解释一下这款游戏的机制吧。"

右边的男人敲了几下键盘，《清洁女巫》的游戏画面和卡尔莱昂的地图并排显示出来。

"玩这款游戏时，玩家可以在城市中一边漫步一边净化世界，他们可以提升等级并收集物品。"

"是啊，今天早上我女儿还因为得到了一个稀有道具开心了半天呢。"

"是的……我们对令千金的账号做了特别设置……"

"千万别让她知道这个秘密。自从她上了特别升学课后，总是和我妻子吵架……得让她稍微放松一下。"

"明白。"

屏幕上，闪烁着红光的区域周围排列着显示物品位置的图标。

"我们可以决定稀有道具的掉落位置。"

"原来如此……人们为了收集道具聚集起来，投票人数自然就上升了……"

"没错。"

"所以你们才在这么短的时间内……"

"是的，而且……现在，有关是否拆除钟楼的投票期限马上就到了。"

投票数正在向五位数的目标逼近。

"刚才……我们在钟楼广场放置了一个稀有道具。"

市长从窗户望向广场，只见人们纷纷被手机指引着，陆续聚集到了广场上。

"我多年的愿望终于要实现了。那座钟楼是这座城市的象征，但这个过时的标志早该被抛弃，卡尔莱昂需要开启新的历史。"

中间的男人缓缓睁开眼睛。

"闲聊到此为止吧。"

左右两边的男人收起了脸上的表情，重新转向电脑。

"新的改革计划进展顺利……但市长先生，现在还不能松懈，您要公开宣告拆除钟楼的决定，并着手下一步计划。"

"下一步计划?"

"旧城区的城市智能化。首先,要把凯泽·施密特先生的工坊打造成改革的象征。"

哗啦!琵琵爸爸手中的文件散落一地,他惊愕地问:

"你们这是……什么意思?"

"您岳父的工坊一直是工匠们的精神支柱。我们将改造这个工坊,把工匠街变成面向游客的工厂街。这样既能保障工匠们的生活,也能让卡尔莱昂再度闻名世界。"

"这个主意听起来不错,施密特先生。"

市长满脑子都是即将到来的采访,心不在焉地应和。

"嗯……可是……"

琵琵的爸爸欲言又止。

中间的男人露出冰冷的笑容。

"施密特先生,我们必须彻底切断通往过去的道路。"

琵琶走出食堂，朝爷头的房间走去。

爷头的房间里灯光昏暗，只有工作台上的台灯淡淡照亮了爷头的侧脸。窗户似乎敞开着，新鲜空气在房间里静静流动。

"爷头……我来晚了。"琵琶轻声说。

爷头抬起右手说："你稍等一下。"

琵琶点点头，朝工作台走去。

弗里茨正躺在那张老旧的木制工作台上。

银色的托盘上，隐隐映出琵琶的脸庞。弗里茨与躯体分离的脑袋已经半边塌陷，原本嵌着绿色眼睛的位置扭曲变形，铁皮板也七扭八歪地凹了进去。

弗里茨的右臂从肩膀处脱落，左臂以诡异的角度歪斜着。它胸部到一侧腰部的外壳剥落，里面的发条和齿轮散落出来。它右腿的大腿和膝盖全都被压扁了，左腿虽然还保持着原形，但与身体连接的动力部分却不见了。

"那么，从哪里开始修理呢？"爷头站在琵琶身后，衔着烟斗问道，"需要思考什么，你知道吗？"

爷头那双圆圆的眼睛透过厚厚的镜片注视着琵琶。

"我知道，比如要考虑修理的顺序，以及如何推进工作。"琵琶回答道。

"具体来说呢？"

"把相似的部件和工作分类。如果有上百项任务，先把它们归纳整理成十类左右，再确定工序。"

"嗯，然后呢？"

"不着急的工作要尽快完成，重要的工作则要仔细去做。"

"仅仅这样还不够。"爷头的声音平静却严厉。

"最重要的……"爷头凝视着琵琶的眼睛说道，"是倾听弗里茨的声音。"

"弗里茨的……声音？"

"嗯，也可以说是，要了解凯泽。"爷头凑近工作台，低头看着弗里茨。

"不了解它被制造出来的意义，就不能动手修理。"

琵琶也注视着弗里茨。

"物品中藏着主人的回忆，我们需要唤醒那些记忆。"

"好的。"

"你要好好想想，你外公为什么把弗里茨交给你，他当时是怎么想的，你必须弄清楚其中的缘由。"

琵琵默默地点了点头。

✿

那之后，一段忙碌到令人晕头转向的日子开始了。

为了赶上爷头的工作节奏，琵琵拼命努力。

一天，吃完晚饭后，琵琵回到爷头的房间，继续观察弗里茨。

爷头则在工作台前，一边吸着烟斗，一边工作。

"外公想交给我的究竟是什么？"琵琵闭上眼睛，回想起第一次拿到弗里茨时的场景。

外公去世后，弗里茨就成了琵琵唯一的朋友。

她会向弗里茨倾诉自己的所有悲喜，而弗里茨总是静静地注视着她，哪怕倾听数小时也不厌烦。

"原来如此……"

琵琵突然意识到，当自己难过时，弗里茨看起来也像在哭泣；而当自己开心时，弗里茨又像在微笑。弗里茨如果一开始就面带笑容，就无法接纳琵琵的悲伤情绪了；相反，它如果总是一脸悲伤，肯定也无法感受琵琵的快乐。

"爷头。"

爷头抬起头，从工作台那里看向琵琶。

"外公是想为我打造一个朋友。"

"什么样的朋友呢？"

"一个能在我悲伤时陪我悲伤、在我快乐时陪我快乐的朋友。"

"嗯。"爷头缓缓起身走向她，"这或许就是凯泽赋予弗里茨的意义吧。"

"是的。弗里茨会随着我的情绪变换表情，我悲伤时它会露出悲伤的表情，我快乐时它会露出快乐的表情。"

爷头用满是墨渍和颜料的手指轻轻抚摸着弗里茨的额头。

"这就对了。如果一拿到物品就盲目去修复，你可能会把自己的情感投射到物品身上。你要放下自己的想法，去聆听物品自身的声音，这样你才能看见它的本质。"

"我知道了。"

爷头陷入了沉默，他端详着琵琶的脸。

"琵琶，你是为了自己才想修复弗里茨吗？"

他突然问道。

琵琶在心底反问自己。

"不是……"

刚来到这里时，她一心只想修好弗里茨。

但是现在，她意识到自己的愿望发生了变化。

"现在，我并不是为了自己，而是为了别人去做这件事……"

爷头平静地看着她，追问道：

"那么，对你来说，工作的意义是什么呢？"

"是为了让别人感受到快乐……"琵琶抬起头说，"爷头……我想一直留在这里工作。"

爷头没有直接回应，只是平静地看着她。

"那么，我们开始吧。你要在一周之内修好弗里茨。"

"一周之内……"

"今天是周五。下周五就是完成期限。你修理好后我会检查。如果合格，我允许你留下。不过……"

琵琶咽了咽口水。

"如果不合格，你必须回到原来的世界。"

琵琶的心脏猛地一沉。

❀

同天傍晚。

托克走在红砖建筑林立的街道上，手里紧紧攥着记忆连锁公司的代理人给的黑色名片。

他来阿西托卡加工所已经六年了。他至今都难以忘记从爷头手中接过黄色工装时的喜悦之情。他一直在努力，渴望早日成为一名可以独当一面的工匠，昂首阔步地回到故乡。

托克每一天都期待有人通知自己去参加工匠考试。

然而就在这时，琵琵出现了。

托克无法抑制自己内心不断膨胀的烦躁情绪。

"为什么大家都更偏爱琵琵？我比她先来，比任何人都努力，为什么得不到认可？"

他穿过狭窄、曲折的小巷，来到一个中央有井的石板广场。

三名身穿黑色正装的代理人围在井边。

"我们等您很久了……托克·比内马亚先生。"

"抱歉来晚了。这是我第一次来这里……"

托克摘下帽子，微微颔首。

"没关系。"

中间的男人缓缓走上前来。

"这个地方很适合谈话。不用担心有人来打扰我们。"

井边立着一座黑色石碑，上面雕刻着人们痛苦地纠缠在一起的诡异图案。

中间的男人把手放在纪念碑上。

"这个地方曾经发生过一场悲剧。"

"悲剧？"

"那些紧紧抓着过去的人，和那些试图创造新世界的人发生了冲突。争斗中牺牲了很多人。"

"……"

"托克先生。这个世界上有创造新事物的人，也有固步自封的人。我们不能让悲剧重演。"

"那个……"

"您有什么疑问吗？"

"关于电话里提到的事情……"

"是我失礼了。刚才提到的那种事，和您这样年轻且前途无量的创造家无关。"

"创造家？"

"是的。丢掉'工匠'这种过时的头衔吧。在当今这个时代，人们已经不再需要耗费时间去修行和积累经验。这个过程太痛苦了。大可以将这一切都交给机器和计算机去做。托克先生应该把时间和才华投入到更有创意的工作上。而且……"

男人停顿了一下，露出悲伤的表情。

"有传闻说，阿西托卡加工所将难以为继……"

"什么？！"

"我们只能祈祷现实不要变成那样……"

托克有些不好意思，低下头问道：

"如果……我只是假设一下……"

"什么？"

"如果我……我去你们的工厂的话，会得到什么职位呢？"

"我们会给您一个您期望的职位。我们公司求贤若渴，急需像您这样充满才华和热情的人才。您看……这个职位如何？"

男人递过来一个铝制小盒子。

"这是……？"

"打开看看吧。"

托克打开严丝合缝的盒盖。

盒子里面是一张纯黑色的名片。

托克的名字是用银箔印上去的。

　　"另外，这是我们每月将支付给您的报酬的数目。如果您能立即做出决定，我们还会额外支付半年的签约金。"

　　黑衣代理人递过来的纸上写着一个托克从未想过的天文数字。

　　"这么多？"

　　托克十分惊讶，手指微微颤抖。

　　"在新工厂里……我要做些什么呢？"

　　"什么都可以做。您再也不用去擦镜片，或者制作那些小零件了。这些工作都会由最先进的机器来完成。我们所求的不过是托克先生的创意和才华。"

　　"才华……"

　　曾经快要失去的自信，重新在托克心底膨胀起来。

✿

见证了卡尔莱昂市历史的钟楼即将被拆除一事已成定局。

时钟将被捐赠给博物馆，而一座全新的数字时钟将为这座焕然一新的城市报时。

这则新闻登上了《卡尔莱昂日报》的头版头条。

对于拆除钟楼的决定，反对派人士坚持抵抗到了最后一刻。

然而，参与《清洁女巫》游戏稀有道具搜寻活动的市民数量形成压倒性优势。沉迷于游戏的投票者激增，在支持票占优的情况下，钟楼拆除最终被定义为市民的"共同意愿"。

借着拆除计划的推进，市政府同步宣布改建凯泽·施密特的修理工坊——这座曾作为工匠们精神寄托的建筑将被改造，而旧城区的面貌也将通过智能化改造计划焕然一新。不言而喻，这一系列变动的背后，始终有黑衣代理人推波助澜。

如今，记忆连锁公司已悄然渗透到与城市智能化改造相关的所有项目中，试图从中攫取巨额利润。而这一切，市民毫无察觉。

✿

阿西托卡加工所的地下仓库里，祖奇和罗诺抱着胳膊，站在堆积如山的被退货物前。

不远处，米娅一脸不安地伫立着。

灯光照亮了架子上陈列的旧人偶、动物玩偶和铁皮玩具。

"真令人难过。它们明明还能使用。"

"退货的原因五花八门。"

罗诺翻着退货单，念出退货理由。

"本想当孙子的圣诞礼物，但最后觉得还是新玩具更好。"

"哼。"

"新产品功能更好，所以就不用旧的了。"

"哼哼。"

"我不记得曾经委托修理过这个东西。我不需要了，希望你们收回去。"

"哼哼哼。"

"我有点儿在意修理的痕迹……"

"够了！"

祖奇的罗圈腿抖动着，发出嘎吱嘎吱的声音。

罗诺有些为难地开口说道：

"祖奇先生。"

"怎么了？"

"那个改革方案……"

"改革方案怎么了？"

"对我们这里的工匠来说……也许并不是坏事。"

祖奇的双腿停止了抖动。

"资料上说，工匠们的雇佣情况将得到全面保障。机械化和运营的费用也都由对方承担。这种好事可不是轻易能遇到的。我们的工匠肯定能很快适应新的工作……"

"你真的以为有这么好的事？"

"可是……"

"这世上存在两种工作：一种是绞尽脑汁、挥洒汗水，靠自己的双手去创造价值；另一种是把别人的成果当成自己的成果去四处吹嘘。"

"嗯。"

"那些人看到哪里有利可图，就会用花言巧语去接近那里的人。然后，把别人创造的价值当成自己的成果四处炫耀。但一旦你失去利用价值，他们就会毫不犹豫地抛弃你。"

"他们也是……那种人吗？"

"你不觉得奇怪吗？退货量激增的时候，他们刚好就出现了。"

"啊……"

"再者，盲目引入机器的后果就是，不再是人在使用机器，而是人被机器操控。"

这时，电梯门开了。爷头抬头挺胸走了过来。

"让大家久等了，"爷头站在祖奇身边，仰望着被退回的货物，说道，"不好意思，尤其还是在大家都这么忙的时候。"

祖奇点燃一支香烟，吐出一口烟后询问爷头：

"琵琶那边怎么样了？"

爷头一边往烟斗里装烟草，一边答道：

"一周之后，一切就见分晓了。"

"是吗？希望还来得及……"

爷头点点头后，突然露出不悦的神情。

"我读过了。"

祖奇也皱起眉头。

"改革方案？"

"真是荒谬！还要继续制造那些劣质品，这到底有什么意义？"

"我嗅到了一丝危险的气息。"

爷头的目光在眼镜后面闪了闪。

"如果祖奇你也这么觉得，那可能就是真的。"

祖奇抬头看着爷头，问道：

"您还记得卡尔莱昂市市长的父亲吗？"

"穆拉诺？"

"对。当时也是，也有类似的家伙在背后操纵着一切。"

"嗯。"

"有人高呼改革，说要重新打造这座城市。穆拉诺不过是被他们利用了而已。"

"哼！都是些不考虑后果的傻瓜。迄今为止，那些打着改革的旗号全盘否定过去的家伙，有哪一次让事情变得更好了？"

爷头吐出一团烟雾。

"这就给了那些带来这个方案的人可乘之机……这次是穆拉诺的儿子。"

"卡尔莱昂的市长？"

"是的。他提出城市改革计划，想要重新打造这座城市。改革后的卡尔莱昂，到处都是那种让人羡慕他人生活、又想让自己在他人眼中看起来更幸福的服务。"

"就是说，那些带来提案的人是幕后操纵者？"

"是的……就是他们在背后牟取巨额利润。"

米娅一直默默听着两人的对话，突然，她小心翼翼地插话：

"祖奇先生、爷头……可以……打断你们一下吗？"

"什么事？"

祖奇只把头转向米娅，他似乎想要尽量减少腰部的活动。

"有几个员工问，怎么样才能转到其他工厂……"

"他们是想辞职吗？"

"是的……那些人不光给我们一家工厂递了改革方案，还给其他工厂……"

"所以他们想跳槽是吧？"

爷头悠悠地吐出一团烟雾。

"是啊……他们觉得我们工厂单靠修理已经没办法维持下去了……听说亨特维尔克街的很多工厂都接受了那个提案。"

"哼！太可悲了。"

爷头从鼻子里发出一声嗤笑。

"无可奈何的事情就是无可奈何，能解决的事情自然会解决。"

祖奇恢复了他平时那种满不在乎的表情，看向爷头。

"爷头，我们在这个世界无法干预那个世界。关键在于琵琶，只要琵琶的记忆能够恢复……"

"我会看着办的。让琵琶面对凯泽留下的东西，说不定能让她想起什么。"

"那就拜托您了。"

祖奇和爷头走进电梯。罗诺和米娅对视了一眼。

祖奇和爷头曾经无数次一起挺过危机，但眼前这场危机实在不可小觑。

　　被主人遗忘的玩具静静地注视着他们。

　　这是琵琶修理弗里茨的第二天。

　　吃完早餐走出食堂后，琵琶看到罗诺拿着扩音器，在中央大厅的电梯前对着工匠们喊话。

　　"各位，今天的工作全部取消。请大家回到自己的寝室待命。"

　　大厅里，工匠们围在电梯前，一片嘈杂。

　　"这是怎么回事？不用按期交货了吗？"

　　"之后会跟大家解释的！"

　　"肯定和退货量增加有关！"

　　"没错！罗诺，你以为你能瞒过去，但大家都清楚，地下室仓库里退回的货物堆成山了吧！"

　　琵琶在人群中发现了托克的身影。

　　托克踮起脚尖仔细听着罗诺的解释。他注意到琵琶后，一脸不悦地走了过来。

　　琵琶身体变得十分僵硬，用尽全力挤出声音说道：

　　"早上好，托克……先生。"

　　"自从你在爷头身边工作，事情就变得一团糟！"托克脸色铁青。

他忽然提高音量，大声说："退货量不断增加，修好的东西都运不出去了。"

"所以，现在才……"

"是啊。因为想着还有人在等待，所以我们还在继续工作。可是，仓库已经满了，修理好也没地方放了。"

"各位，后续的事情我会跟大家解释的！"罗诺大声喊道。

工匠们诉说着不安和不满，纷纷返回自己的寝室。

"琵琶……你要去爷头那里吗？"

"嗯……这周五要参加工匠考试。"

"工匠考试？！"

托克的脸变得通红，他的拳头微微颤抖。

琵琶意识到自己说了不该说的话。托克一直梦想成为工匠，他为之努力了好几年……

"啊，不是那样的……是为了修理弗里茨……"

琵琶试图解释，但托克用满是怒火的双眼瞪了她一眼便跑开了。

琵琶捂着闷胀的胸口，走进电梯。

不安从她脚底涌了上来。

琵琶走出电梯，朝着爷头的房间走去。

工厂里一片寂静，她踩在地毯上的声音因此变得格外响亮。

爷头不在房间里。

琵琶的脑海中闪过各种各样的想法，但她还是专注于打磨弗里茨的零件。

那天，爷头直到很晚都没有回房间。

第二天，中央大厅里张贴了一张爷头亲手写的告示。

无限期停业通知

阿西托卡加工所一直秉持随遇而安的经营方针，如今，我们决定暂时无限期停业。

我们正处在一个艰难的时代。我们的工作似乎已经不再被需要。时势如此，与其消极地看待这件事，不如将其视作一个契机——一个体验完全不同的世界的好机会。

爷头、祖奇

从那天傍晚开始，工匠们的身影陆续从阿西托卡加工所消失了。一个、两个……不知不觉间，很多人离开了，托克也在其中。

罗诺和米娅憔悴不堪，他们不仅要处理源源不断被退回的货物，还要处理工匠们的离职事宜，忙得不可开交。

工匠是工厂的血液。失去他们之后，阿西托卡加工所迅速失去了生机。

仓库里堆满了被退回的货物，而新的待修货物再也没有运来。

琵琶独自站在告示前。

就算她通过了考试，如果工厂停业关闭，她也将没有容身之处。

即便如此，琵琶仍然强烈地渴望在祖奇和爷头手下工作。

| 第十四章 | 工匠考试

一位白发老人和一个少女站在甘轳前。

他们是玩具博物馆馆长埃勒纳和蕾蒂。

蕾蒂牵着埃勒纳的手，不安地注视着齿轮广场。

"又有一条路……消失了。"

"是啊。随着改革的推进，这边的世界正在逐渐消失……"

"弗劳恩路没事吧？"

"嗯。玩具博物馆是由已经在那边的世界完成使命的回忆构成的，所以暂时应该没事。不过，早晚也会受影响。"

蕾蒂紧紧握住埃勒纳的手。

"我们工厂里已经一个工匠也没有了。原先在我们那里的所有工匠都到那儿去了。"

蕾蒂望向轰隆隆转过来的亨特维尔克街，那里矗立着一座漆黑的工厂，她远远就能看到从烟囱冒出的滚滚黑烟。

埃勒纳开口说道：

"而且……又出了一件麻烦事。"

"什么？"

"在卡尔莱昂钟楼拆除仪式的日期确定之后，旧城区的智能化改造计划也正式公布了。第一个试点对象，就是凯泽的工坊。"

"什么时候开始？"

"下周日……也就是琵琵参加完工匠考试的第三天。"

"怎么会这样……那会有什么后果？"

"连接两个世界的道路将被彻底切断。这边的世界将会被大家完全遗忘，直至消失殆尽。"

蕾蒂怔住了。

"蕾蒂，爷头和祖奇曾在那边世界生活过的事，我跟你说过吗？这是很久以前的事了。"

"嗯……好像听说过，但又忘了。"

"是啊。你总是过了一夜就忘掉一切。"

"再说一次吧。"

埃勒纳把手放在蕾蒂的肩上。

"很久以前……在那边的世界，曾经爆发过一场大战。城市被破坏，许多人失去了生命。卡尔莱昂市也未能幸免。"

"嗯。"

"爷头当时是卡尔莱昂市的一名工匠。他当时的伙伴，就是琵琶的外公凯泽，以及现任市长的父亲穆拉诺。"

"这么说，那个讨厌的市长的爸爸和琶琶的外公还有爷头以前是伙伴？"

"是的。他们三人都曾是举世瞩目的工匠。爷头和凯泽坚守传统，执着于手工工艺；而穆拉诺市长的父亲则想引入新技术，为卡尔莱昂的制造业带来革新。"

"爷头和琶琶的外公，与穆拉诺的爸爸理念截然不同？"

"嗯。尽管如此，他们三人仍是好朋友。然而战争改变了一切。战争结束后，卡尔莱昂市变成了一片废墟。"

"嗯。"

"战后，卡尔莱昂需要这三个人的力量。它既需要找回失去的东西的能力，也需要创造新事物的勇气。然而，后来发生了一件事，穆拉诺市长的父亲放弃了工匠的身份。"

"发生了什么事？"

"不清楚……爷头在那件事之后，创建了阿西托卡加工所。"

"爷头为什么要来这个世界呢？他是什么时候认识祖奇的？"

"蕾蒂。"

"怎么了？"

"你……也在那边的世界生活过。"

"啊？"

"因为你每天都会忘记一切，所以你不记得了。"

"我不是忘记了。睡着的时候……就是在时光茧里时，我是记得的。"

"是吗？"

"嗯。与其说是忘记，不如说像是在梦里回到了小时候。"

"那如果中途醒来呢？"

"我大概能记得一些模糊的片段。"

"原来如此。也就是说，你在时光茧里醒来时是有记忆的。"

"嗯。不过我很快又会睡着。"

"原来如此。"埃勒纳似乎在思考着什么。

"怎么了？"

"没什么……爷头现在怎么样了？"

"他一边工作，一边指导琵琶修理凯泽留下的东西。"

"祖奇呢？"

"他去了凯泽的工坊，他似乎在调查凯泽的死因和他最后想要做什么。"

"那他的调查有眉目了吗？"

"还没有……他每天早上都一脸憔悴地回到工厂。"

"琵琶的记忆呢？"

"好像还没有恢复……"

"是吗……即使是祖奇和爷头，这次可能也束手无策了。"

蕾蒂猛地抬起头。

"才不会呢！祖奇和爷头肯定在想办法。然后，他们会静静地等待风向转变……"

亨特维尔克街与甘轳连接在了一起。

从漆黑的工厂那里传来单调、冰冷的机械运转声。

"埃勒纳。"

蕾蒂喊了玩具博物馆馆长一声。

"怎么了？"

"你也会……消失吗？"

白发馆长微笑着回答：

"放心吧。我不是刚刚说过吗？玩具博物馆是由已经完成使命的回忆汇聚而成的。"

"嗯。"

"现在，我们就静候祖奇和爷头的决定吧。"

"嗯，你说得对。"

蕾蒂穿过亨特维尔克街，回头向埃勒纳挥了挥手。

✿

爷头的房间里，琵琵埋着头在工作台前忙碌着。

修复弗里茨变形的外壳需要十二分的耐心。弗里茨会在悲伤时露出悲伤的表情，会在快乐时露出快乐的表情。一旦其中的微妙之处没有处理好，便会失之毫厘，谬以千里。

祖奇会时不时走进爷头的房间，和他商量事情。

有时五分钟就结束，有时则会聊几小时。

昨天，琵琶从资料室回来时，听到房间里传来爷头和祖奇的谈话声。

"琵琶，还是……"

"是的。我原以为让她面对凯泽留下的东西，就会让她想起往事，可是……"

"随着改革的推进，这边的世界变得愈加岌岌可危。"

"是啊，时间不多了……"

一想到自己还是无法记起外公去世时的情景，琵琶就感到胸口闷得慌。

祖奇的态度也发生了变化。

琵琶依旧每晚都写祖记。

然而，自从工厂宣布停业以来，祖奇的回信日渐简短。

琵琶其实有很多话想写，但考虑到祖奇很忙，每天就只写寥寥数句。

爷头休息的时候会和琵琶讲起她外公的事情。

"凯泽让我明白，重要的是思考制造物品的人想要通过物品展现什么、传达什么。"

也许爷头是想通过这种方式让琵琶恢复记忆。

"战争结束后，我和凯泽走在被烧成废墟的城市里。啊，还有一个人，他就是卡尔莱昂市现任市长的父亲，穆拉诺。"

"他是莉娜的爷爷吧。"

爷头点点头。

"凯泽问我和穆拉诺，还记得城市里曾经都有哪些建筑吗？"

爷头的思绪仿佛飘向了遥远的过去。

"我凭借记忆画出了城市的模样。但凯泽记得比我清楚得多，这让我很沮丧。从那以后，我开始努力做到仅凭外观就能画出房屋的结构和布局。然后，我们一起慢慢地将城市恢复原状。"

"你们凭借记忆……重建了卡尔莱昂市？"

"当时大家都很年轻。卡尔莱昂是基于伙伴们的记忆重建的。"

琵琶想起从旧城墙上俯瞰卡尔莱昂时的景象。

这座城市并非一直存在，而是由外公和爷头他们重建的。

"穆拉诺说，我们不能被过去束缚，卡尔莱昂必须重生为一座全新的城市。新城区就是穆拉诺设计的。我认为这也没错。很多事情并不是非此即彼。"

"听说莉娜的爷爷后来放弃当工匠了。"

爷头默默地点了点头。

"为什么呢？"

"穆拉诺的才华被利用了。"

"被谁？"

"无论在哪个时代，总会有一些人从不反思过去，只为自己的一己私欲而活。"

"这跟那边和这边的世界所发生的事情有关吗？"

爷头没有回答琵琶的问题。

"我们工作，不是为了比别人做得更好，也不是为了成就什么，而是为了将从他人手中接过的接力棒传递给下一个人。"

接着，他看向弗里茨。

"凯泽想传递给琵琶什么呢？"

这听起来既像是对琵琶提问，又像是爷头在自问。

"外公想传递的东西……"

这句话深深地刻在了琵琶的心里。

✿

祖奇穿过昏暗的楼梯，来到凯泽·施密特的修理工坊寻找某样东西。

下周日，卡尔莱昂的钟楼被拆除之后，工坊的拆除工作也即将开始。

一旦连接两个世界的通道被切断，一切就都结束了。

他每晚都搜寻到天亮，却始终找不到他想要的东西。

祖奇瘫坐在凯泽的椅子上，点燃一支香烟，深深吸了一口，然后闭上了眼睛。

凯泽·施密特到底为何而死？

他最后想完成的工作究竟是什么？

工坊里一片寂静，唯有从钟楼广场传来的犬吠声隐约可闻。

祖奇靠在椅背上，突然，他像察觉到了什么一样，身体前倾。

他看到旧边柜下面藏着几张纸。

祖奇趴到地上，伸手向边柜下摸去。

那几张蒙着一层薄灰的纸看起来像是设计图。

祖奇重新坐回椅子上，目光落在图纸上。

"原来是这样。"

祖奇的眼睛开始闪闪发光。

　　他哗啦哗啦地翻动着纸张。设计图横跨好几页，详细地描绘了一种复杂的齿轮结构的机械装置。

　　"凯泽最后想修理的东西……"

　　他起身时，椅子哐当一声向后翻倒，发出巨大的声响。

　　"原来是卡尔莱昂的钟楼……"

　　祖奇跑到窗边，透过窗户仰望钟楼。

　　夜色中，钟楼被铁制脚手架包围着。工人们已经开始为拆除工作做准备。

　　"还来得及吗……"

　　祖奇转身朝那边的世界飞奔而去。

周四的早晨到了。

明天就是修好弗里茨的最后期限。琵琵站在工作台前，望着躺在上面的弗里茨。

尽管这些天，琵琵觉得自己已经把能想到的都想到了，但爷头的话始终在她耳边回荡。

"凯泽想传递给琵琵什么呢？"

琵琵还没有找到答案，所以一想到明天的工匠考试，她就深感不安。

她看向爷头的工作台，发现上面放着一件她熟悉的东西——一个棕色的信封，旁边还放着几张信纸。

琵琵拿起信纸，不禁倒吸一口凉气。

收件人：凯泽·施密特

"这是给外公的……"

她的耳朵一热，心脏也剧烈地跳动起来。

信纸上是淡蓝色的钢笔字迹，写得密密麻麻。信纸空白处印着汉字，但信的内容是用琵琶所在国家的语言写的。

琵琶坐在椅子上，开始读这封从异国寄给外公的信。

凯泽·施密特先生：

在遥远的海外，我实在不知该如何给素未谋面的您写这封请求信，我犹豫良久才提笔。

我是住在日本东京的志野。

这个八音盒是我外公送给外婆的礼物。

"八音盒……就是那时候的吗？"

琵琶回想起自己第一天在这家工厂工作时的情景，她再次看向手里的信。

我外公很早就去世了，外婆独自抚养母亲长大，母亲又生下了我。

外婆每晚都会聆听这个八音盒的乐音，思念年纪轻轻就离世的外公，独自流泪。二十多年前，外婆去世了，而现在我的母亲也病倒了。

医生诊断我的母亲只剩下半年的寿命。最近，她突然说想再听一次这个八音盒的乐音。母亲从未见过外公。在她的记忆中，父亲的形象，是这个八音盒的乐音和外婆讲述的故事勾勒出来的。

母亲希望带着对已故的外婆和外公的回忆，离开这个世界。

恳请您帮助我唤起我们三代人的回忆，拜托您了。

不知不觉间，琵琶的泪水顺着脸颊滑落。

"那个八音盒，竟然承载着这样的回忆……"

琵琶的脑海中浮现出外公读信的样子。

在她的记忆深处，某个片段突然闪烁了一下。

那是关于卡尔莱昂钟楼广场的记忆。时间是夜晚。

琵琶披着外公的围巾，仰望着钟楼。

弗里茨则被她紧紧抱在怀里。

外公的身影穿梭在被风雨侵蚀的铁皮人偶之间。他向琵琶挥手，并朝着她大喊：

"琵琶，我现在要下去拿弗里茨——"

接着，记忆跳转到了另一个地方。

那里是卡尔莱昂中央医院的走廊。

琵琵的妈妈在不断抽泣，琵琵的爸爸则把手放在妈妈的肩上。

琵琵颤抖着双腿，向他们走去。

"外公呢？"

妈妈紧紧抱住琵琵，深吸一口气，似乎想说些什么，却干呕了起来。

"琵琵……"

琵琵回头看向爸爸。

"外公呢？"

爸爸跪下来，把手放在琵琵的肩上。

"琵琵，你外公他……去世了。"

咚的一声，琵琵的记忆再次回到钟楼广场。

原来如此……外公，在那个时候……

琵琵那段被压抑的记忆从心底涌起，化作泪水夺眶而出。

她终于想起了外公去世时的情景。

"琵琵。"

琵琵回头一看，爷头就站在她身后。

"你心中的那扇门，终于打开了。"

琵琵满眼泪水。

"是的，外公他想修理钟楼……"

爷头像是在遥望远方的卡尔莱昂一样，低声说道：

"仅仅修复受伤的记忆还不够。"

爷头示意琵琵坐在沙发上，他坐到了琵琵旁边。

"人们会把悲伤藏在记忆深处。即使被忘记了，它们仍然深埋在那里。"

"是的。"

琵琵擦去眼泪，点了点头。

"重要的是记住这些回忆。即使忘记了，也一定能从某个地方唤起。我们的工作不是修复物品，而是挖掘那些被遗忘的回忆，并将它们归还给主人。"

"这封信里的八音盒……后来怎么样了？"

"虽然它锈迹斑斑，但还能奏出美丽的旋律。在你来到这里的第二天，我就把它寄还给了主人。"

"太好了……"

"凯泽和我们做的，就是这样的工作。"

"嗯。"

爷头看着琵琵的眼睛，说道：

"明天就是期限了。"

"我知道。"

琵琶凝视着爷头的眼睛。

✿

祖奇喊了爷头一声。

爷头正独自在房间里查看卡尔莱昂的古地图，祖奇探进头来。
他一脸憔悴，胡子乱蓬蓬的，眼睛却炯炯有神。

"怎么了，祖奇？"

"琵琶呢？"

"她想起了凯泽离开时的事情……"

"是钟楼吧。"

祖奇晃了晃手里的设计图。

"我在凯泽的工坊里发现了这个。"

祖奇从口袋里掏出一个打火机，点燃了一支香烟。

"和琵琶的记忆吻合。凯泽想修理钟楼……"

祖奇把设计图在爷头面前摊开。

"拯救两个世界的方法，就藏在钟楼里。"

爷头推了推眼镜，开始仔细查看设计图。

"凯泽到底想怎么做呢？"

祖奇皱起眉头，若有所思。

"周日，在钟楼被拆除之后，凯泽的工坊也会被摧毁。"

"那么，怎么办好呢……即使我们去了那边的世界，也无法走出工坊。"

"所以……"

祖奇搔了搔后脑勺，挑了挑眉毛。

"你想说什么？"爷头问道。

"哎呀……有点儿难以启齿。"

祖奇靠近爷头，在他耳边低声说了几句。

爷头的眼睛瞪得圆圆的，嘴角露出一丝苦笑。

"祖奇，你又把这种差事推给我……"

"抱歉啦。"

祖奇露出一丝狡黠的笑容，爷头无奈地挠了挠头。

❄

周五的早晨到了。

琵琵坐在床上，看了看旁边托克曾经睡过的那张床。曾经挤满工匠的寝室，现在只剩下琵琵一人。

她回想起第一天来阿西托卡加工所的情景。

那时，她曾紧张地看着托克的侧脸。

工匠们尽管话不多，但都很亲切。结束一天的工作后，大家围坐在一起，吃着米赛斯做的美食，酒足饭饱后，大家纷纷进入梦乡，而琵琶会听着大家此起彼伏的呼吸声入睡。这一切既像是很久以前的事，又仿佛就发生在昨天。

昨晚，琵琶在祖记里这样写道：

　　明天就是工匠考试的日子了。

　　今天，我想起了外公去世时的情景。

　　如果想不起这件事，我将无法面对明天的考试。

　　工作中最重要的事情，就是整理和记忆力。

　　谢谢您教会我这么多。

　　祖奇没有回信。

　　食堂里空无一人。

　　煎锅和餐具在微风中孤独地摇晃着。

　　餐桌上放着一个蓝白相间的食物遮罩。

　　琵琶拿起遮罩，一顿丰盛的早餐出现在她眼前。

　　煎蛋卷里塞满了绿色、红色和黄色的蔬菜，还有一盘撒满了枸杞的沙拉。肉泥和蔬菜混合制成的德式肝奶酪旁，配着用橄榄油炒过的欧芹。

还有蜜丝亲手榨的橙汁，以及煮苹果。牛奶装在锅里，蜜丝仔细写下了加热方法。

琵琶用心品尝着每一口美味。她感受到一丝淡淡的咸味，是泪水的味道吗？

吃完后，琵琶收拾好餐具，走向中央大厅。

她走进电梯，按下了去五楼的按钮。

透过圆形的窗户，可以看到二楼的工匠工作区，然而摆满了木制工作台的工作区此刻却空荡荡的，一片寂静。

今天，琵琶觉得电梯上升的时间格外漫长。

如果自己通过工匠考试，就能在这家工厂工作吗？

如果不及格，就必须回到原来的世界吗？

琵琶每天都在思念爸爸妈妈和卡尔莱昂，但她又发自内心地想在这里工作。

她敲响了爷头房间的门。

"是我，琵琶。"

片刻的沉默后，爷头的声音传来。

"请进。"

琵琶推开沉重的门，走了进去。

爷头坐在椅子上，抽着烟斗。

弗里茨在灯光下泛着暗金色的光泽。

"请您多多指教。"

"好的，请开始吧。"

"好的。"

铁皮外壳已经基本完成了。

为了让人在快乐或悲伤时都能感受到弗里茨的陪伴，琵琶反复敲打铁皮板，使其能呈现出合适的表情。

托盘上，经过打磨的零件闪闪发光。

她花费了大量时间，将每一个沾满沙砾、因为被踩踏而扭曲变形的零件恢复到原来的样子。对于缺失的零件，她则从庞大的库存中挑选出相似的部件，进行加工制作。

在过去的两天里，她一直在努力复原弗里茨丢失的那只绿色的眼睛。

弗里茨那深邃清澈的绿色眼睛必须重新制作。

琵琶在玩具博物馆看到的水獭玩偶的眼睛，给了她灵感。

她记得那些眼睛是用树脂制成的。

于是，她将几种树脂放入烧杯，看着它们一次次融合、呈现不同的颜色，再根据想要的颜色调色，努力还原出记忆中弗里茨眼睛的样子。

一种前所未有的专注力贯穿她的身体。

她多次调整齿轮和旋转轴的咬合，一点点地滴入机油，用锤子调整形状，反复拆解和组装。

最棘手的是躯干与四肢的连接部位。

虽然它们是通过旋转轴连接的，但组装起来之后却无法顺畅地活动。

琵琶先将手臂和躯干暂时固定，以便继续做剩下的部分。但她又花费了几小时才让两者完美咬合在一起。

在这期间，爷头一直在画什么。

"呼——"

当最后一根旋转轴的螺丝拧紧时，琵琶轻轻地呼出一口气。

所有的活动部件应该都接好了。

她让弗里茨平躺下来，慢慢地将它的右手向前移动，这时，它的左手也随之活动起来。当它弯曲左腿时，右腿也会跟着移动，弗里茨就像在跳一支节奏缓慢的舞蹈一样，扭动起来。

"好了。"

终于到了最后一步——安装弗里茨丢失的那只眼睛。

琵琶把用树脂制成的绿色眼球放在纱布上，用喷雾器喷上一层雾气，进行抛光。

透明的树脂表面映出了琵琶认真工作的模样。

她用镊子夹起绿色的眼睛，用力按了进去。

经过精心打磨的眼球与弗里茨的眼窝严丝合缝。

咔嗒一声，眼球稳稳地嵌了进去。

琵琵抬头望向天花板，闭上眼睛，她仿佛感到外公的面容在眼前一闪而过。

她重新睁开眼睛，低头看向弗里茨。

弗里茨的两只眼睛充满了生机，看起来像在对琵琵微笑。

琵琵退后几步，全方位审视弗里茨。

在灯光的照耀下，弗里茨看起来和琵琵记忆中的一模一样。

她走近工作台，逐一检查每一个零件和咬合处。

"好，没问题。"

一切似乎都进行得很顺利。

琵琵觉得，外公留给她的那个重要的朋友，终于重新焕发生命力了。

她抬起头，摘下放大镜，转向爷头。

"爷头。"

爷头慢慢地抬起头。在琵琵眼中，爷头的身影变成好几个影子，很快又重叠了。

"我修好了。"

爷头站起身，叼着烟斗，向琵琵走来。

琵琵已经尽了全力。

她对弗里茨的了解超过任何人。

她调动了所有的记忆，应该已经完美地重现了一切。

爷头先是站在远处审视弗里茨，然后走近仔细查看起来。

从他的侧脸，琵琶无法窥探出他的感受。

琵琶的胃紧紧地缩成一团，喉咙深处涌起一股热流。真是漫长的、令人窒息的沉默！

爷头挺直身子，慢慢地转向琵琶。

琵琶艰难地咽了咽口水，等待着爷头的评判。

爷头用又圆又黑的大眼睛直视着琵琶，说道：

"不合格。你还是回原来的世界吧。"

琵琶感到眼前一片黑暗。

终结篇

✿

忘记一切之后

|第十五章|回　家

琵琶站在甘轱前，注视着离她远去的亨特维尔克街。

漆黑的工厂中冒出滚滚浓烟，整条街回荡着没有生命力的机器发出的声响。轰隆轰隆的声音就像怪物的鼾声。

从此以后，她再也不能走在这条街道上了。

再也不能在阿西托卡加工所工作了。

参加完工匠考试后，琵琶的记忆就变得支离破碎。她不记得自己从爷头的房间里跑出来之后，是什么时候睡着的，又是如何醒来的。

在她耳边一直回响的，只有爷头的那句话：

"不合格。你还是回原来的世界吧。"

懊悔、遗憾和绝望像潮水一般向她袭来。

"我到底哪里没做好呢？外公想要托付给我的究竟是什么呢……"

齿轮广场上已经空无一人。

连来觅食的鸟儿的叫声都听不见了。第一次来到这里时感受到的喧嚣，仿佛已经是很久以前的事了。

琵琶的怀里，只有用油纸包裹着的弗里茨。她心爱的工装、靴子和背包都不能带走。

琵琶望了一眼工匠街，然后转身朝着另一个世界走去。

她要走到第一次来到这个世界时经过的三角形空间。

穿过光之入口，她踏入了那个类似教堂的空间。如果再走上那漫长而黑暗的楼梯，她就会回到卡尔莱昂。

在她离开的这段时间里，那边的世界究竟发生了什么，她一无所知。爸爸妈妈看到自己会露出什么样的表情呢？回到学校，她又该怎么面对同学们呢？难道又要一个人孤零零地上学、放学吗……

高高的穹顶下，只有琵琶的脚步声在回荡。

"一言难尽啊。"

听到熟悉的声音后，琵琶停下了脚步。

祖奇正坐在连接两个世界的通道上的一把椅子上，在离他不远的地方还有一把椅子。

"祖奇先生。"

"哦，过来坐吧。"

祖奇向琵琶挥挥手，示意她坐在自己对面。

琵琶坐到祖奇对面的椅子上，垂下了头。

"我没通过……工匠考试。"

祖奇不高兴地瞪了琵琶一眼。

"你昨天没写祖记啊。我不是让你每天晚上都写吗？"

"考试前一天您也没给我回复啊……"

琵琶这句话差点儿脱口而出。

但她最终只说了三个字：

"对不起……"

祖奇沉默不语。

"祖奇先生。"

"怎么了？"

"我到底……哪里做得不够好呢？"

琵琶再也无法压抑自己的感情。

"我按照祖奇先生教我的那样整理了，也像爷头说的那样思考了外公想传达给我什么。我还想起了外公去世时的事……"

她感到喉咙里涌起一股热流。

"经过我修理之后，弗里茨也能正常活动了。再说……"

祖奇仍然盯着前方。

"爷头他……又没看过弗里茨原本的样子！"

琵琶的泪水夺眶而出，顺着脸颊流淌。

她知道自己说出的话十分任性。

是因为她以为努力就会有回报吗？不是。

是因为她对自己的技艺充满信心吗？也不是。

琵琶只是想得到祖奇和爷头的认可而已。

她哽咽着，没能说出后面的话。泪水止不住地流淌，她抽泣着，无力地跌坐在地板上。

"琵琶。"

祖奇开口了。

"呜呜……"

琵琶的脑袋一片混乱，无法回应祖奇。

"接下来，你将要踏上那长长的楼梯，回到另一个世界。你在这个世界看到的、听到的、经历的一切，都会从你的记忆中消失。"

琵琶一脸茫然地抬起头。

"这里发生的一切，都会……"

"这是两个世界之间的规则。"

"怎么会这样……"

琵琶沮丧地低下了头。

"你的脸色真难看啊。"

祖奇苦笑着，斜眼看了看琵琶。

"祖奇先生。"

"怎么了？"

"请您在我忘记这一切之前……告诉我吧。"

"告诉你什么？"

"外公想要托付给我的……到底是什么呢？"

"这个……我也不清楚。"

"爷头他……"

"他应该知道吧。如果你能想起来的话，说不定就能通过考试了。遗憾的是，你没想起来……"

祖奇的话冰冷刺骨。

"祖奇先生。"

"又怎么了？"

琵琵努力地从嗓子眼里挤出这些话：

"谢谢您……如果不是遇到您，我就不会来到这个世界，也不会想起外公去世时的事，更不可能修好弗里茨。在这里学到的东西……"

"我永远不会忘记"这句话如鲠在喉。琵琵感到自己的泪水又要涌出，她抬起头说：

"我能遇到祖奇先生、爷头，还有大家，我能在阿西托卡加工所工作……真的非常幸福。"

话音刚落，琵琵的眼泪便扑簌簌地掉了下来。

"琵琵。"

祖奇站起身，走到琵琵面前。

"嗯。"

"这个给你。"

祖奇递过来的是一本封面上刻着"P. S."的皮质手账。

"这是……"

琵琶接过一看，是一本崭新的祖记，里面全是空白页。

琵琶大概写了几十本祖记，里面都是她这段时间学到的东西和思考的内容。

"这个本子送给你留作纪念。虽然一般不允许把这边世界的东西带出去。"

"谢谢您——"

琵琶把弗里茨和祖记紧紧抱在胸前。

"琵琶。"

祖奇凑近琵琶的脸，露出一丝狡黠的笑容。

"记忆力，非常重要。"

然后，他猛地转过身，挥挥手说道：

"再见啦。"

说完，他便转身走向甘轱。

琵琶在原地站了很久。

过去的种种开始在她脑海中闪现，填满了她小小的身躯。

她在外公的工坊里第一次遇到祖奇的那个夜晚；她穿过长长的楼梯，来到这边的世界时的情景；她站在齿轮广场上看到的景象；她踏入阿西托卡加工所，敲响爷头房门时的情景；她和托克交谈的场景；工匠们的笑脸；还有蕾蒂·蜜丝·米赛斯·玛达姆做的戚风蛋糕的味道。

玩具博物馆里埃勒纳馆长告诉她的事，她和米西亚一起旅行的回忆……难道自己会把这些统统忘掉吗？

不知不觉，太阳已经落山。夜晚的凉意袭来，浸入了这栋建筑。

琵琶对着空无一人的空间，在心里轻声说道：

"祖奇先生、爷头、蕾蒂·蜜丝·米赛斯·玛达姆、米西亚、梅西亚、穆西亚、埃勒纳馆长、罗诺先生、米娅小姐、托克……再见了。"

琵琶把祖记放进口袋，重新抱好弗里茨，然后沿着长长的楼梯拾级而上。

每迈出一步，关于这边世界的记忆就变得模糊一点儿，继而逐渐消散。琵琶走走停停，她在心里反复默念：我不能忘记……我不能忘记……

这是一段极其艰难的路程。

忘记不该忘记的事情所带来的不安，以及仿佛能想起却又想不起来的痛苦——这两种情绪交替涌上心头，快要将琵琶淹没。

　　她多次想要折返回去，但双脚却像被楼梯吸住了一样，无法挪动。似乎楼梯只允许她向前走。

　　就这样，琵琶忘却了一切。

✿

卡尔莱昂市长办公室里，之前总是站在中间和左边的黑衣男子此刻正坐在市长对面。

"终于，明天就要拆除钟楼了。"

中间的男人露出一丝冷酷的笑容。电子时钟显示现在的时间是上午七点。

"再过二十九个小时……明天，也就是周日中午，以钟楼拆除仪式为契机，凯泽的工坊以及旧城区的建筑拆除工作将陆续启动。"

透过市长办公室的窗户望去，钟楼周边已经开始为拆除仪式做准备。工人们在铁制的脚手架上穿梭忙碌。教堂周围，人们正在为剪彩仪式和新闻发布会做准备。

尽管计划正在顺利推进，市长看起来却有些烦躁。

"你们为什么非要这么急切地拆除凯泽的工坊呢？"

中间的男人以告诫般的口吻回答：

"一切都是为了推进改革。对执着于过去的工匠们来说，凯泽·施密特的工坊就是他们的精神支柱。我们要以拆除工坊为契机，赶走这些反对改革的工匠。明天的仪式正是绝佳的机会……"

市长站起身，背对着那两个男人，低声说道：

"市民们对这种急于求成的做法感到不安。"

"不用担心。等改革的具体方案公布后，大家的支持率就会急剧上升。下次市长选举，您一定会大获全胜。"

左边的男人敲击着键盘，屏幕上显示出下届市长选举的预测图表。上面显示穆拉诺市长的支持率超过了半数。

"是吗？但愿如此……"

"只有您才能完成令尊未竟的事业。这座城市原本应该在令尊的手中重生……而继承他的遗志，正是穆拉诺先生您的使命。"

"我知道。"

市长转过身，脸上露出一丝怯懦不安。

"昨天……我女儿跟我说了一些很伤人的话。"

"莉娜小姐说了什么？"

"她说，她和我没有共同的回忆……"

中间的男人手腕上的方形手表突然闪烁出蓝色的光芒。

"市长，失陪一下。"

他站起身，离开了房间。

市长看起来似乎还想说些什么，但他最终还是把话咽了回去，移开了视线。

中间的男人走出房间后，把耳朵凑近那块方形手表。

手表里传出之前一直站在他右边的男人的声音：

"琵琶已经回到卡尔莱昂了。她的记忆已经完全……"

"是吗……但我们不能掉以轻心。他们把琵琶送回原来的世界，肯定有他们的原因。"

　　"是的，我会继续调查祖奇究竟在谋划什么……"

✿

与此同时，在玩具博物馆里，埃勒纳以少年的模样和米西亚、梅西亚还有穆西亚一起躺在一个大大的靠垫上。

米西亚甩动着双手和双脚问：

"我们都从琵琶的记忆中……消失了吗？"

"没办法，因为这是两个世界之间的规则啊。"

"米西亚好不容易有了一个很棒的朋友……真是太遗憾了。"

梅西亚一边织着毛线围巾，一边叹息：

"可是……为什么爷头判琵琶不合格呢？她明明很努力啊！"

穆西亚一边啃苹果，一边大声说道：

"爷头自有他的考虑。"

埃勒纳举起手杖，天花板上出现了卡尔莱昂的景象。

新城区正在紧锣密鼓地建造摩天大楼，高大的起重机就像一群低着头的长颈鹿。钟楼四周搭起了铁制脚手架，拆除仪式的准备工作已经开始。

"明天中午，卡尔莱昂将举行钟楼拆除仪式。凯泽的工坊也将在同一时间被拆除……这样一来，通往那边世界的道路将永远关闭，这边的世界也会随之消失……"

米西亚转向埃勒纳，问道：

"琵琶的外公最后想修理的是钟楼吧？"

"是的。不过我们还没搞清楚，凯泽如何通过修理钟楼来拯救两个世界……"

"爷头和祖奇不能去那边的世界修理它吗？"

"这边世界的人们是无法走出凯泽的工坊的……"

米西亚抱着胳膊，皱着眉头思考了一会儿。

"我知道了！"它挥舞着双臂大喊，"如果琵琶能想起这边的世界，再由她去修理钟楼，不就行了吗？"

"这很难做到。琵琶在这边世界的记忆已经全部消失了。"

"怎么会这样……难道真的没有办法了吗？"

米西亚十分沮丧。埃勒纳把手轻轻地放在它小小的肩膀上。

"不过……祖奇和爷头可能就是为了这个才把琵琶送回原来的世界。"

梅西亚和穆西亚对视一眼。

"哦？所以爷头才判琵琶不合格？"

"就是为了让琵琶……去修理钟楼？"

"可是……也不知道修好钟楼后，事情究竟会变成什么样……"

"琵琶……现在怎么样了呢？"

屏幕上显示出琵琶熟睡的脸庞。

米西亚张开小手，大声喊道：

"琵琶！拜托你！想起我们吧！"

第十六章 | 阿西托卡加工所的最后

　　琵琶在床上慢慢地睁开了眼睛。

　　熟悉的天花板，还有从窗帘缝隙中透进来的光。这里是琵琶的房间，和以往一模一样。她觉得自己好像做了一个很长很长的梦。

　　在梦里，好像有人在呼唤她。那是一个奇妙的梦，既快乐又悲伤。醒来后，梦中的情景便都消失殆尽了。

　　琵琶坐起身，揉了揉眼睛，房间的桌子和椅子在她眼中有些重影——那是她上小学时外公亲手为她打造的。弗里茨四肢摊开，坐在桌子上。

　　"早上好……弗里茨。"

　　弗里茨那对绿色和蓝色的眼睛好像在注视远方。

　　楼下飘来一阵阵汤的香味。

　　琵琶换好衣服，走下楼梯。妈妈正在准备早餐。

　　"早上好，琵琶。"

　　"早上好……妈妈。"

"爸爸说要早点儿出门为明天的事情做准备，所以我早早就开始做早餐了。我现在去煎鸡蛋。"

"嗯。"

琵琶坐在桌边，把橙汁倒进杯子里。

"妈妈。"

"怎么了？"

"我做了一个梦。"

"啊呀，那不错啊。是什么样的梦？"

"我忘了。"

"那可真遗憾，不过这种情况也挺常见的。明明觉得自己做了一个很美好的梦，醒来却什么都想不起来。"

"嗯……"

琵琶从篮子里拿起面包，涂上黄油咬了一口。

"啊……对了，琵琶。"

妈妈把煎蛋盛到盘子里，一边摘围裙一边回头说道：

"外公的工坊……今天就是最后一天了，你要提前把重要的东西拿回来哟。"

"啊？"

"你'啊'什么啊？明天就要开始施工了呀。"

"施工……施什么工啊？"

"你在说什么呀？就是拆除工程啊。你昨天也去了工坊吧？外公的工坊也要随着钟楼一起拆除。"

琵琵感到从脚底到腰部都在不安地颤抖。

模糊的记忆逐渐拼接起来。

琵琵感觉脚下的地板正在一点儿一点儿地崩塌。

"明天……几点？"

"中午十二点。爸爸好像要陪同市长参加电视节目。说不定还能上电视呢。"

妈妈话音未落，琵琵就猛地站了起来。

咣当一声，椅子发出巨响，倒在地上。

"怎么了？"

"妈妈！工坊的钥匙呢？"

"啊？应该还放在信箱里，这样方便施工人员进去……等等，琵琵！你要去哪儿？"

琵琵没有理会妈妈的呼喊，径直冲出了家门。

冷风刮在脸颊上，宛如刀割。

新城区矗立着几座正在建设的高层建筑。卡尔莱昂的旧城墙在冬日的天空下清晰可见。

琵琵穿过连接新城区和旧城区的大桥，来到了钟楼广场。

被铁制脚手架包裹的钟楼，看起来像一个被囚禁的巨大生物。

广场中央，十几个人举着反对拆除的标语牌和横幅席地而坐。周围依稀可见电视台摄像机和警察的身影。

一名记者正手持麦克风面对镜头。

"明天，也就是周日中午，市里将拆除曾作为卡尔莱昂象征的钟楼。拆除将以改革的名义被坚决执行，然而，一小部分居民仍持反对意见……"

钟楼的指针依旧停在十一点五十九分。

从铁格子般的脚手架的空隙中，可以看到被风雨侵蚀的机械人偶——圣人、天使、小丑和小熊一家。

琵琶心乱如麻。

她穿过广场，朝着工匠街外公的工坊跑去。

一些工坊已经拉下了卷帘门，街道显得异常冷清。外公工坊的遮雨帘垂着，门口挂着"禁止入内"的牌子。

琵琶从信箱里取出钥匙，打开了门。

灰尘和霉味扑鼻而来。工坊里面空荡荡的，置物架上也空空如也。

"外公……"

琵琶觉得自己好像忘记了什么重要的事情。

她坐在外公曾经坐过的椅子上，怔怔地盯着置物架。

"我好像在这里见过什么人……"

琵琶回到家时，看到妈妈正满脸担忧地等着她。

她扑到妈妈怀里，大声喊道：

"妈妈！不要拆外公的工坊！"

"琵琶……你在说什么呀？我们不是和你说过好多次了吗？这件事已经决定了。工坊里重要的东西都会被保存在博物馆里……这是很荣幸的事。"

"妈妈……求你了。我总觉得有什么重要的东西会消失……"

妈妈不住地摇头。

"妈妈和你的心情是一样的。可是……我们不能总被回忆束缚着，要向前看。"

琵琶走上楼梯，回到了自己的房间。

她坐在床边，深深叹了口气。

她感觉昨天的自己和今天的自己判若两人。

她看向书桌，弗里茨还保持着她离开时的姿势，望向远方。

"咦？"

弗里茨脚下放着一本她从未见过的皮质手账。

她用手指轻轻触摸着上面的"P. S."字样。

她的脑海深处响起一个声音：

"每晚都要——"

不知不觉间，琵琶拿起了铅笔。

她坐在椅子上，翻开手账，在空白的页面上写下文字。

我总觉得自己忘记了什么事。

外公去世之后，

我在他的工坊里，是不是见过什么人呢？

"……！"

琵琶瞪大了眼睛。

手账右边的页面上，出现了一行文字：

"琵琶，你忘了在工厂学到的东西吗？"

仿佛一道闪电贯穿了她的全身。琵琶汗毛直竖，周围所有的声音都骤然消失。

琵琶重新坐回椅子上，在下一页写道：

"对不起，请问您是谁？"

几秒钟后，新的文字缓缓浮现出来：

"不用道歉！你什么都不记得了吗？你连回忆修理工厂和阿西托卡加工所的祖奇都不记得了？"

记忆如潮水般从琵琶心底涌出——

每天晚上，她爬到床上，认真记录当天学到的和思考的事情；第二天早上收到祖奇回复时的喜悦……

大颗的泪珠扑簌簌地滚落下来。

"祖奇先生！"

"我不是说过吗？记忆力非常重要。"

"是的！这个……我们为什么能通过它来沟通呢？"

"我不是说过吗？手账一式两份，是配套的。一回到原来的世界，就会忘记这边的世界，这样很多事就没办法推进了。我和凯泽就是这样用祖记交流的。我没办法先写下文字……我一直等着琵琶你自己想起来。你可让我好等啊！"

琵琶擦去眼泪，揉了揉泛红的脸颊，笑了起来。

"没有时间闲聊了。我想请你做一件事。"

"好的！请交给我吧！"

"明天……在你们那边的世界的正午，市里会举行钟楼拆除仪式。凯泽的工坊也会被拆除。这样一来，连接两个世界的通道就会被切断，不仅阿西托卡加工所，这边的世界整个会消失。"

在祖奇那张脸的后面，爷头的侧脸浮现了出来。

就像翻动书页那样，蕾蒂·蜜丝·米赛斯·玛达姆、罗诺、米娅、托克和工匠们，埃勒纳和米西亚、梅西亚以及穆西亚的脸庞纷纷浮现在琵琶的脑海中。

"我该怎么做？"

"去钟楼。凯泽直到最后都在试图让卡尔莱昂钟楼上的时钟运转起来。他快要修理好了，但似乎还缺少一些东西。琵琶，我希望你能弄清楚……还需要什么东西才能让时钟运转起来。"

"我明白了！"

"时间不多了……就拜托你了。"

祖奇的回复到此为止。

桌上的时钟指向了正午。

琵琵把祖记塞进口袋，悄悄地从楼梯下去，朝着钟楼广场跑去。

"我绝对不能让阿西托卡加工所消失！"

✿

距离钟楼拆除仪式还有二十四小时——

黑衣代理人纷纷来到齿轮广场。

他们一个接一个地现身。人数不断增加，最终填满了整座广场。这些在那边的世界中推动多座城市进行改革的人，此刻齐聚到了这边的世界。

在人群中心，有两个男人：一个是总是站在中间的黑衣代理人，另一个是总是站在左边的黑衣代理人。

"这个时刻，终于到了——"

中间的男人声音十分严肃。

"多亏各位有志之士为改革不懈努力，不仅卡尔莱昂，全世界的城市都在经历重生。我们记忆连锁公司将继续发展壮大。但……我们的计划并不完美。"

男人回过头，环视着广场上黑压压的代理人，用一种仿佛从地底传来的轰鸣声喊道：

"我们通过消除人类的记忆、主宰未来而发展壮大。如今，我们必须消灭那些长期以来妨碍我们计划的人。"

黑衣代理人面无表情地聆听着中间男人的演讲。

"回忆修理工厂——阿西托卡加工所只有两个选择。要么归顺我们，要么就在忘却中消失……"

人群中传来赞同的声音，随后这阵喧哗像波浪一样扩散开来。

中间的男人满意地环视四周。左边男人的手表微微闪烁起来。

"怎么了？"

"凯泽的外孙女……"

"琵琶？她怎么了？"

"她正前往钟楼广场……"

"她想起这边世界的事了？"

"看样子是。"

中间的男人歪着方脸说道：

"是祖奇干的……"

"恐怕是……"

"他到底是怎么唤起琵琶的记忆的……"

中间的男人思索了一会儿，然后压低声音对左边的男人说：

"立刻通知所有人，去追琵琶。"

"好的，已经有我们的人去……"

"要加强教堂一带的警戒。绝对不能让琵琶进入钟楼。"

"明白。"

"都到这个时候了，竟然还在做无谓的抵抗……"

中间的男人不悦地嘟囔着，他面向人群张开双臂，发出如地鸣般的吼声：

"时机已经成熟。现在，是时候让回忆修理工厂彻底消失了！"

广场上黑压压的人群以整齐划一的动作列成站立有序的队伍。

亨特维尔克街正逐渐与甘轳相连。

人群齐声高呼：

"消灭回忆修理工厂！"

"消灭回忆修理工厂！"

"消灭回忆修理工厂！"

琵琶气喘吁吁地仰望着钟楼。

她脑海中清晰地浮现出外公最后的模样——

"琵琶，我这就下去把弗里茨拿过来——"

那个夜晚，外公正尝试修理钟楼。然而，当他准备下去拿琵琶手中的弗里茨时，却不慎脚下打滑摔倒了。

此刻，广场上反对拆除的人群与警察发生了冲突。

"二十四小时后，我们将启动钟楼拆除程序。根据条例，明天中午将对各位进行强制疏散。"

扩音器里传出刺耳的声音。

反对者们愤怒地高呼：

"什么条例！"

"这是你们擅自用游戏决定的事情吧！"

"如果钟楼消失，这座城市真的会毁于一旦！"

教堂的入口被封锁了，警察拦住了反对者，不让他们靠近。看来从正面进去是不可能了。

琵琶闭上眼睛思索。

"对了……"

她眼前浮现出教堂管理员莫里的脸。

没错，教堂有后门！

琵琵穿过与警察争论的人群，朝后面的管理员小屋跑去。

莫里正抱着一把长柄刷，弓着背坐在小屋前。

"莫里！"琵琵向他跑去。

莫里抬起头，睁大眼睛看着琵琵。

"琵……琵琵！"

"莫里，我有件事求您！请让我从后门进入教堂。"

"可是……不行啊。市长下令，任何人都不能进去……"

"莫里……钟楼要被拆掉了！"

"啊……这座钟楼一直守护着这座城市，把它拆掉的决定实在让人无法理解。但是，如果我反对的话，就会被解雇……要是那样，我就无处容身了……"

莫里红着眼眶，抬头看向天空。

"莫里，外公曾试图让时钟重新运转。"

"凯泽吗？"

"是的。这座时钟或许还能运转……"

莫里像是想起了什么，大声说道：

"对啊！"

"嗯？"

"没错！凯泽曾试图让时钟运转……他每晚都从后门进来……我……"

琵琶一把握住莫里的手。

"求求您了，莫里！打开后门吧。我必须完成外公未完成的事！"

莫里像被电流击中一样站了起来，他从抽屉里拿出钥匙，佝偻着腰走出管理员小屋，绕到更隐蔽的地方。

琵琶紧跟在他身后。

在长满青苔的墙壁下，有一扇木制的后门。莫里拿起生锈的锁，把钥匙插了进去。

咔嚓一声，锁被打开了。

"好，好了。快进去吧……趁还没人发现。"

他一边取下生锈的铁门扣，一边催促琵琶。

嘎吱嘎吱，伴随着刺耳的声音，木门被打开了。

"谢谢你，莫里！"

就在琵琶准备从木门钻进去的时候，有人唤了她一声。

"琵琶小姐——"

有人将手搭到了琵琶的肩膀上。

她回头一看，一个穿着黑色正装的男人正低头看着她。

"你是？"

琵琶觉得这张方脸似曾相识，但她脑袋里一阵刺痛，什么都想不起来。

"琵琶·施密特小姐，我是凯泽·施密特先生的老朋友。"

"外公的朋友？"

"是的。我一直在这座钟楼，在这个对你和你外公来说充满回忆的地方等着你。"

"充满回忆的地方？"

"是的。我来传达你外公留给你的话。"

"外公……他要对我说什么？"

泪水模糊了琵琶的视线，男人的脸也变得模糊起来。

"凯泽·施密特先生非常担心你。他担心自己去世后你不知道该如何生活。"

"外公……"

琵琶泪如雨下。

"凯泽·施密特先生是一位杰出的工匠，他是卡尔莱昂的骄傲。但他也敏锐地察觉到了时代的变迁。这座城市需要重新焕发生机，而琵琶小姐，您也需要迈出新的一步。"

"可是，我……"

琵琶从口袋里掏出祖记，试图解释自己到底在做什么。

"……！"

最后一页上，出现了祖奇的新消息。

"小心穿黑色正装的男人！"

琵琶想起来了，眼前的男人正是曾经去过阿西托卡加工所的那三个男人中的一个。

她下意识地想冲进后门，手腕却被一股巨大的力量抓住。她被狠狠地拖了出来。

"你……你要干什么！"

莫里想要上前阻拦，男人毫不留情地将他一脚踢开。莫里蜷缩在地上痛苦地呻吟起来。

"莫里！"

琵琶的肩膀被男人反扣着，她挣扎着回过头，男人那张带着冰冷笑容的方脸凑到了她鼻子前。

"琵琶小姐……请让我传达你外公留给你的话。"

说着，他把手放在琵琶的额头上。

"忘了外公，向前看吧——"

琵琶感到全身的力气都被抽走了，脑袋里一片空白。祖奇、爷头、阿西托卡加工所的工匠们、埃勒纳馆长、米西亚，还有从钟楼上俯瞰琵琵的外公的脸，都像被雾气吞噬了一样，逐渐消失了。

男人从琵琵手中夺过祖记，放进黑色正装的内侧口袋，转身扬长而去。

✿

"怎……怎么回事？"

正在阿西托卡加工所的地下室整理货物的罗诺抬起头来。

远处传来仿佛地面震动的声音。那声音越来越大，开始撼动整座工厂。

罗诺顾不上等电梯，沿着楼梯跑了上去。

祖奇正站在中央大厅里。

"祖奇先生，这声音是怎么回事？"

彩色玻璃窗的另一边，似乎有黑色的东西在向这边蠕动。

罗诺小心翼翼地走到大门前，推开了门。

"这是……？"

眼前的景象令人难以置信。

从阿西托卡加工所到亨特维尔克街，一直到甘辖的街道上，黑衣代理人人头攒动，仿佛黑色的河流。

"啊！"

罗诺当场瘫坐在地。

黑色的"河流"正在不断涌入与甘辖相连的各条路。

从缓慢旋转的甘辖那里，成千上万的黑衣代理人如结队的蝗虫般不断涌出，又像电风扇吹出的气流一样，转瞬便填满了整条街道。

"啊……啊……"

罗诺双手向后撑在地板上，连连后退。

黑衣代理人已经来到了阿西托卡加工所的大门台阶处。

人群的前端自动分成两路，一个男人从中间缓缓走上台阶，他就是之前来过工厂的黑衣代理人中总是站在中间的那个男人。

男人嘴角扬起轻蔑的笑容，微微张开薄薄的嘴唇：

"好久不见，祖奇先生……爷头在吗？"

罗诺转过头，看到祖奇就站在身后。

"祖奇先生……因为一直没收到您的回复，所以我们只好亲自过来了。"

男人的声音在整座工厂里回荡。

祖奇哼了一声。

"回复？我连你叫什么都不知道。再说，你们长得都一样，我大概以为已经在哪里回复过你了。"

"那么，请允许我重新问一次。您是选择与我们合作，一起创造新世界，还是选择消失在遗忘的彼岸呢？"

一阵旋风呼啸而过。

"我有一个问题。"

祖奇用左手点燃打火机，给香烟点上火。

"你所谓的新世界究竟是什么？给无形的东西起一个像模像样的名字贩卖概念，把别人的成果当作自己的成果四处宣扬，以为破坏旧的东西后新事物就会诞生。这种肤浅的工作究竟有什么意义？我完全无法理解。"

男人嘴角微微抽搐。

"正因为大家一直被过去束缚，这个世界才无法变得更好。人们被过去的伤痛折磨，深陷于创伤之中，苦苦挣扎。这个世界发生的种种悲剧，都源于对过去的执着。"

"声称可以让世界变得更好，是一种傲慢。"

男人冷笑着继续说："正是因为被过去束缚，人们才无法获得幸福——"

祖奇吐出一口烟，说道："哼！幸福还是不幸，一味地琢磨这种问题，毫无用处。在人们听你们高谈阔论这些概念的过程中，你们的公司不是赚得盆满钵满吗？"

"祖奇先生……看来我们的想法从根本上就不同呢……我还以为您是一位优秀的经营者……"

"我至少有足够的自知之明，不会自认为'优秀'。"

两人瞪着对方，对峙着。

罗诺回头看了看工厂前涌动的人群。

地平线尽头都是黑衣代理人，这个世界到处是他们的身影。

"到底……该怎么办啊……"

轰隆一声，中央大厅传来齿轮和钢丝咬合的声音。

电梯下降的声音响起，门开了。

"爷头！"

爷头手持烟斗，挺直腰杆站在电梯里。

他浓眉紧锁，透过眼镜上方扫视着眼前的一切。

"这是在闹腾什么？"

"爷头……外面都是黑衣代理人……"

爷头走进大厅，他的眼镜片反射出光芒，让人无法窥探他的表情。

"嗬……不得了不得了啊。"

中间的男人无视祖奇的存在，径直走到爷头面前深深鞠了一躬。

爷头叼着烟斗，呼地吐出一口烟。

"你是谁？"

"非常荣幸见到您，总监。"

"不要叫我总监。在这座工厂里，没人这么称呼我。"

"恕我失礼。我是记忆连锁公司的代理人。我们没有明确的名字。我们的职责是辅助像您这样有才华的人……"

"不要轻易把'才华'这种词挂在嘴边。我从没觉得自己是个多么有才华的人。"

爷头平静地注视着男人。

"您看过我们的提案吗？"

"那种东西……当面说不就行了吗？"

中间的男人露出毫不在乎的笑容。

"爷头……您的工作，还有工厂的工作，都非常出色。现在改变还来得及。让我们一起将工厂全面机械化，削减无意义的工作，一起开创一个全新的世界，如何？"

爷头露出一种从心底感到厌恶的表情。

"真是荒谬！你们把那边的世界改造得面目全非，迷惑人心让工匠们偏离正道，居然还敢在这里大放厥词！"

"可是工匠们都很满意啊。他们可以在更加优越的环境中，随心所欲地做创造性的工作……"

"能轻易原谅自己的人，做不了什么像样的工作。"

男人缓缓环视着已经空无一人的工厂。

"不过，现在看来已经没有人愿意跟随你们了……"

"与其做那种半吊子的工作，不如接受倒闭的结局。"

男人脸上的笑容瞬间消失。

"爷头……您和祖奇先生想的一样吗？"

"那是自然，我们一路走来，一直都齐心协力。"

爷头的目光越过男人，望向祖奇的背影。

"真遗憾——"

男人表情变得僵硬，转向门口。

"对了……祖奇先生。"

祖奇仍然背对着他，俯视着黑压压的人群。

"您似乎想把凯泽·施密特的外孙女送回那个世界，让她去修理卡尔莱昂的钟楼……"

罗诺抬起头。

"啊？琵琵吗？"

"真狡猾啊。您一边假装接受我们的提议，一边拖延时间……"

罗诺看了看祖奇和爷头，问道：

"这是什么意思？琵琵不是因为没有通过工匠考试才被送回去的吗？"

"事到如今，就算让时钟运转起来，也改变不了什么……不过很可惜，我们先下手了。琵琵已经忘记了一切……她已经无法再为你们效力了。"

"怎……怎么会……"

罗诺垂头丧气。

"祖奇先生……您给琵琵的手账，已经交由我们的人保管。琵琵现在只是一个空壳，你们别再指望她了。再过二十二个小时，你们也会消失。"

祖奇缓缓转过身，抖着腿问道：

"能告诉我一件事吗？"

"什么事？"

"你们为什么非要改变世界，甚至不惜做到这个地步？"

"这是我们被赋予的使命。"

"使命？"

祖奇停下抖腿的动作。

中间的男人望向远方，低声说道：

"卡尔莱昂早该重生了……"

男人朝着大门走去。

"当人们忘记过去，这个世界也会随之逐渐消失……我们必须让像你们这样试图唤起人们对过去的回忆的人消失。"

"因为那会妨碍你们的生意……对吧？"

男人没有回答祖奇的问题，他继续说道：

"二十个小时后我会再来拜访……如果到时候你们还不接受我们的提案……那就让我来慢慢欣赏你们是如何从这个世界上消失的。"

他留下这句话，便消失在黑色的人潮中。

罗诺颤抖着关上了工厂大门。

他感到全身冰冷，却止不住地流汗。

"祖奇先生……爷头……琵琶是因为这个才回原来的世界的吗？"

爷头用如湖水般深邃的眼睛看向祖奇。

"唉，一言难尽。"祖奇挠了挠头，"凯泽去世了，我们这边世界的人又没办法修理卡尔莱昂的钟楼，只有那边世界的人才可以……"

爷头眯着眼睛低声说：

"琵琶从凯泽离世的伤痛中走了出来。为了继承他的遗志，她必须回到原来的世界。"

罗诺垂头丧气地说：

"但是，琵琶已经忘记了所有的事情……通往那个世界的大门即将关闭。如果真的关上了，我们就会……"

他抬起头，眼睛通红。

"难道我们就要这样被遗忘吗？无论是在那个世界，还是在这个世界……"

"恐怕是这样。"

"工厂关闭后，我一直在想……"

"什么？"

"真正的幸福……是被人需要。除此之外的幸福，即使得到了，我认为也不是真正的幸福。我最害怕的就是被人遗忘。"

祖奇抱起胳膊，不满地说：

"哼！这会儿可不是讨论幸不幸福的时候。不过话说回来，现在让我们面临消失危机的，正是推崇你口中的'除此之外的幸福'

291

的那些人，真是讽刺。"

罗诺向祖奇和爷头恳求道：

"为了让这边的世界存续下去……就不能考虑接受他们的提案吗？"

祖奇斜眼看了看爷头。

"如果爷头愿意，我可以考虑。"

"怎么可能！如果要为那些只追求新鲜，华而不实，还试图操纵他人的人工作，我宁愿就此消失。"

祖奇微微一笑，双手叉腰，转身面向罗诺。

"罗诺，玛达姆现在在哪里？"

"啊？蕾蒂·蜜丝·米赛斯·玛达姆吗？最近食堂也不开了，她应该早就回房间了……怎么了？"

"不……没什么。能不能帮我联系一下埃勒纳？"

"馆长吗？我这就去。"

罗诺连滚带爬地跑向办公室。

爷头点燃烟斗，呼地吐出一口烟。

"祖奇，看你的样子，似乎还没放弃。"

"这个……一言难尽。"

夕照从天窗倾泻而下，映红了两人的脸。

✿

琵琵独自走在夕阳下的城市中。

夕阳将卡尔莱昂的旧城墙染得通红，仿佛整座城市都在燃烧。

琵琵的心情格外舒畅。

她现在只想向前看。

"忘了外公，向前看——"

黑衣代理人的话被琵琵视作外公的遗言，深深烙印在她的心里。她觉得拆除钟楼和外公的工坊，乃至更新改造卡尔莱昂，都是在向前看。

穿过钟楼广场，走上大桥时，琵琵看到从新城区的主干道方向走来一群女孩。

"啊……"

走在中间的正是莉娜。

琵琵感到心脏猛地收紧，跳得飞快，她慌忙低下头，继续往前走。

莉娜也注意到了琵琵，她抬起头来。

她表情稍微缓和了一下，似乎想说点儿什么，但又怕引起身边女孩们的注意，最终还是低下头，匆匆与琵琵擦肩而过。

"莉娜……"

琵琶目送着莉娜的背影。

她的背影比以前更加瘦小了。

回到房间后，琵琶打开了一直紧闭的窗户。

傍晚的冷空气涌了进来。远处钟楼广场附近警车的鸣笛声依稀可闻。

琵琶走到书桌前，凝视着弗里茨。

"弗里茨……我明白了。" 她坐在椅子上，轻声说道，"我不能再被回忆束缚，我要向前看。这是外公想告诉我的话……"

弗里茨看起来却格外悲伤。

"弗里茨？"

"琵琶，你回来了吗？"

厨房里传来妈妈的呼唤声。

"今天爸爸依旧会晚点儿到家，我来做晚饭。你快去洗澡！"

"好的！我马上就去！"

琵琶再次回头看了看弗里茨。

"要向前看。这才是外公希望的。"

墙上的挂钟显示现在是下午六点。

距离拆除钟楼还有十八个小时。

深夜。

在阿西托卡加工所四楼的寝室里，蕾蒂·蜜丝·米赛斯·玛达姆正沉睡着。

待次日清晨从时光茧中醒来时，她就会从老妇人变回少女。

寝室的门悄无声息地打开了，几个人影潜了进来。

是祖奇、小熊米西亚，还有埃勒纳。

米西亚小声问道：

"祖奇……真的没关系吗？蕾蒂·蜜丝·米赛斯·玛达姆说过，绝对不能在她睡觉的时候进来……"

"这要解释起来，就一言难尽了。"

"祖奇，好久没收到你的消息，我还以为出事了，立马赶了过来……你的想法总是让人摸不透。"

埃勒纳尽管语气中带了一丝抱怨，眼睛却好奇地打量着祖奇。

"你马上就知道了。"

三人穿过层层布幔，来到了时光茧跟前。

祖奇的手里握着一块小怀表。

五分钟、十分钟、十五分钟……

祖奇盯着怀表，似乎在等待着什么。

"怎么了？祖奇，你在等什么？"

咔嗒咔嗒咔嗒……房间突然摇晃起来。

原来是祖奇又开始抖腿了。

"喂，祖奇！你制造出这么大的动静，会把她吵醒的……"

米西亚拽着祖奇的衣服说道。

祖奇却晃得越发厉害，像地震了一样，整个房间都摇晃起来。

"呀！"

时光茧里传来一声尖叫，蜜丝从中跳了出来。

她穿着白色的睡裙，裙摆下露出笔直修长的双腿。

"怎么了？地震了吗？米西亚……埃勒纳……还有祖奇？这是怎么回事？"

"哎呀你醒了……对不起，蜜丝。我早劝祖奇别吵醒你……"

米西亚慌忙解释。

而祖奇则挠着头，赔笑道：

"抱歉，蜜丝。我有点儿事想拜托你。"

"什么事？在这个时间把我吵醒，肯定有很重要的事吧。"

蜜丝揉了揉眼睛，瞪着祖奇。

"是啊……"

祖奇把怀表伸到蜜丝眼前。

"蜜丝，你现在的年龄是二十七岁三个月零五天。"

"你在说什么？冷不丁谈论起女性的年龄！"

米西亚睁大眼睛，看着两人。

"你每晚会花一整晚的时间变回孩童。在你睡觉的时候，时间会倒流，但你仍然保留着过去的记忆……是这样吧？"

"没错。埃勒纳……你和祖奇说了我的事？"

"嗯，他把我叫了过来，刨根问底地打听了你的事情……"

埃勒纳耸了耸肩。

祖奇直视着蜜丝的眼睛问道：

"蜜丝，你还记得穆拉诺吗？"

蜜丝的表情瞬间变得严肃。

"当然记得。"

"那晚的事情呢？"

"也记得。"

蜜丝的嘴唇微微颤抖。

"我想拜托你的，就是这件事。"

"什么事？"

"我想让你告诉我那晚的事情……你的记忆里可能隐藏着破局的方法。"

听到祖奇的话，蜜丝闭上了眼睛。

蜜丝陷入了漫长的沉默，当她再次睁开眼睛时，那双眼睛就像被月光照耀的湖水一般静谧。

"我不能白白告诉你，这份人情以后我可是要讨回来的。"

"没问题。"

"啊，什么意思？那晚……究竟发生了什么？快告诉我吧！"

米西亚跺着脚，急切地问道。

蜜丝坐回时光茧上，祖奇和米西亚搬来一个大靠垫坐在她旁边。

"很久以前，当我们几个都在我现在这个年纪时，卡尔莱昂的旧城区发生了一件令人悲伤的事情……"

"蜜丝以前……生活在那边的世界？"

"我和爷头、凯泽一起在卡尔莱昂长大，穆拉诺也是。"

"穆拉诺是卡尔莱昂市市长的父亲吧？"

"是的。爷头、凯泽和穆拉诺都成了工匠。后来战争爆发了，城市被毁。战争结束后，大家试图把变为废墟的卡尔莱昂恢复成原来的样子。然而，城市刚刚有复苏的迹象，一个谣言就开始流传。"

"谣言？"

"是的。在卡尔莱昂旧城区的某个地方，有许多居民世代生活在那里。他们把工匠们制作的东西卖去其他地方，以此谋生。手头宽裕时，他们也提供私人贷款。后来有人说，城市陷入困境就是因为那个地方的人在榨取大家的财富……"

祖奇点燃了一支香烟。

"一开始，这个谣言还不成气候。但随着传谣的人越来越多，谣言占据了上风，散布谣言的人最终掌握了城市的实权。后来又出现了一些全身穿着黑色衣服、自称'代理人'的人……"

"代理人？"

"果然，他们从那时候就……"

祖奇吐出一口烟，用手指抵住眉间。

"没错。他们声称自己的使命是代行民意。很快，他们便提出了一个拆除旧城区、让城市重生为一个全新城市的计划。而负责这个计划的人就是穆拉诺。"

"为什么？"

"因为穆拉诺拥有将卡尔莱昂传统技艺与新技术结合起来的才能。他被代理人看中，被推了出来……"

"那个人和爷头，还有琵琶的外公，都是朋友吧？"

蜜丝点了点头。

"代理人的目标是控制这座城市。穆拉诺的才能被他们……利用了。"

"那后来呢？"

"旧城区的那些人进行了抵抗，毕竟他们一直生活在这座城市，而且也正是他们将工匠们制造的东西传播到世界各地，才让这座城市变得富饶……但代理人们却试图强拆旧城区。他们谎称投票结果是大多数人赞成……"

"这听起来有点儿耳熟啊。"

祖奇从鼻子里冷冷地哼了一声。

"然后，不知道从哪里又传来了新的谣言，说旧城区的那些人正在策划推翻卡尔莱昂……"

蜜丝抬起头。

"令人难忘的夜晚到来了。那晚，每条街道都回荡着犬吠声……"

埃勒纳举起手杖，天花板上开始映出那晚的情景。

✿

那是一座位于卡尔莱昂旧城区深处的广场。

广场中央有一口井，那里是旧城区居民们聚集的地方。

从远处传来轮胎碾过石板路的声音，几辆卡车停在广场上。几个戴着黑色针织帽、用围巾遮住脸的男人陆续走了下来。

面包店的店主闻声从店内走了出来。

他和男人们交谈起来。但很快，他们声音越来越大，对话变成了争吵。

咚——

一声闷响，面包店店主倒在地上。

怒吼声四起，男人们冲进房屋，把居民们拖到广场上。他们手中的黑色手枪闪烁着光芒。

其中一个戴针织帽的男人踢了面包店店主一脚，大声喊道：

"是这个人先动手的！"

另一个男人用沙哑的声音吼道：

"你们贪婪地掠夺财富，榨取我们的劳动成果！"

又有一个男人提高嗓门喊道：

"我们是来谈和的，但你们似乎并无此意。"

被按在石板路上的老人用虚弱的声音说道：

"这一定是误会……我们什么都没做……"

"闭嘴！"

另一个男人端起步枪。

"这座城市需要重生。阻碍它的人必须受到制裁！"

男人激动起来，把枪口顶在老人的太阳穴上。

"住手！"

一个格外响亮的声音划破了广场的空气。

在通往钟楼广场的街道入口，站着两个男人。

其中一人长着两道浓眉，有一头深棕色的头发，戴着厚镜片眼镜，长长的睫毛下是一双圆圆的眼睛。

另一个人有一双蓝色的眼睛和一头银发，穿着有许多口袋的皮质背心。

银发男人张开紧抿的嘴唇，用洪亮的声音喊道：

"大家都住在同一座城市，为什么要这么针锋相对！"

浓眉男人看到面包店店主的尸体，脸色大变。

"怎么会发生这种事……"他猛地抬起头说，"明明双方可以找到共存的办法！"

头戴黑色针织帽的男人们的头儿走了出来。

"走开……你们两个工匠。这里没你们的事。"

银发男人平静地说：

"你们这么做什么也解决不了，只会将仇恨延续下去。"

带头的男人喊道：

"卡尔莱昂需要革命来获得重生！战争虽然结束了，但我们无论怎么努力，生活都没有任何改善。但你们看看这些人，他们靠贩卖我们创造的东西，轻轻松松赚钱，再让钱右口袋出，左口袋进，便能获取大量的利润！"

银发男人坚定地说道：

"大家可以携手重建这座城市。"

反对的声音此起彼伏。

"携手？我们怎么可能和这些人友好相处！"

"没错！为了保持卡尔莱昂的纯正血统，我们必须把这些家伙赶出去！"

棕色头发、眉毛浓密的男人向前迈出一步。

"你们这样做是行不通的！"

周围的男人们变得很激动，他们团团围住了前来阻止的两人。

带头的男子低声威胁道：

"阻碍改革的人，包括你们……也是我们的敌人。"

男人们向两人扑了过去。银发男人被狠狠地打倒在地，棕发男人扑在他身上。

十几个人围住他们，不停地拳打脚踢。

男人们打红了眼，他们冲上各家的台阶，抢夺财物和家具，砸碎窗户。

广场上满地的碎玻璃，像宝石一样闪闪发光。

穿着黑色正装的男人们静静地看着这一切。

❀

"当时的那两个人，就是爷头和琵琶的外公吧……"

米西亚的眼泪簌簌地滚落下来。

"当时也是那些黑衣人在背后操纵一切。就像这次一样……"

祖奇低声说道。

"那两个人后来怎么样了？"

"凯泽总算是保住了性命。可是……"

蜜丝的嘴唇颤抖着，大颗的泪水滴落在地板上。

埃勒纳接过她的话：

"爷头救下了凯泽。而他自己……来到了这个世界，创建了阿西托卡加工所……"

祖奇向前迈出一步。

"很抱歉让你回忆起这些痛苦的往事……但我想让你记起来的是那之后的事情。"

"那之后的事情？"

"你是怎么来到这个世界的？"

蜜丝按住太阳穴，看起来十分痛苦。

"我也不太记得了。等我回过神时，已经和爷头还有大家，一起在这座工厂里工作了。"

"这么说，蜜丝也像琵琶一样，是从凯泽的工坊来到这个世界的？"

"不，不是的。那时候，还没有凯泽的工坊。"

"那你是怎么来的？"

"你难道不记得那条路了吗？你应该是在你现在这个年纪来到这里的。"

蜜丝痛苦地思考了一会儿，然后垂下头说：

"对不起……我想不起来了。"

"还有一条路——"在一旁听大家对话的埃勒纳开口了，"祖奇，你总是……为达目的不择手段啊。"

"人不能只挑自己喜欢的事做，总得有人扮演坏人。"

米西亚不解地看着祖奇和埃勒纳，大喊：

"嘿，到底怎么回事？另一条路在哪儿？"

埃勒纳摸着米西亚的头解释：

"连接两边的世界的路有两条。一条可以让那边世界的回忆以实体的形式被送到这边的世界。"

"也就是琵琶走过的，连接凯泽的工坊和甘辖的路吧。"

"没错，过去，除了凯泽的工坊，还有许多地方有这样的路。"

"另一条呢？"

埃勒纳深吸一口气，回答了祖奇的问题：

"另一条路是给在那边的世界完成使命的人或物走的路，也就是死者的路。"

"死者的路？"

"没错，玩具博物馆里的所有藏品，都是在那个世界完成使命后，通过这条路来到这里的。"

埃勒纳缓缓走到时光茧前面，看向蜜丝。

蜜丝的嘴唇颤抖着。

"我……"

埃勒纳直视着蜜丝的眼睛。

"你是因为过度思念爷头……所以亲自来到了这个世界。"

蜜丝的眼泪瞬间决堤。

"也许你能再次……走上那条路。"

"那条路在哪儿？"

米西亚抬头望着两人问道。

"在玩具博物馆里面。"

"这样说来，我们可以从那儿去见琵琶了，对吧？"

"这很难做到。即使去了那个世界，我们也只能到达凯泽的工坊。其他所有路都被那些黑衣代理人封锁了……"

"那我们只能等琵琶来工坊了……是吗？"

"是的。"

"可是工坊马上就要被拆掉了呀！琵琶能不能在那之前来工坊还不一定呢……"

米西亚思考了一会儿，然后用圆圆的拳头击了击掌心。

"对了！给琵琶写信不就行了吗？"

"不行，琵琶失去了跟这边世界有关的所有记忆。即使我们在那里留下信，她也想不起来我们是谁……"

祖奇吐出一口烟说道。

"手账也被那些黑衣代理人拿走了。要是能让琵琶想起这边的世界就好了，哪怕只是零星片段……"

"啊！该怎么办才好呢？"

米西亚抓着头发，十分苦恼。

"我去——"蜜丝擦干眼泪，抬起头说，"我们必须让琵琶再次想起我们……"

祖奇站起来郑重其事地说道：

"那就拜托你了。只有你才能通过那条路。"

米西亚大喊：

"可是，怎么去玩具博物馆呢？外面到处都是黑衣代理人！"

咚咚……阳台的窗户那里传来敲击声。窗帘后面，有巨大的影子在晃来晃去。

"是……是那些黑衣代理人来了吗？"

米西亚小心翼翼地走到阳台上拉开窗帘，只见两只巨鹫收着翅膀立在那里。

而梅西亚和穆西亚则微笑着站在一旁。

"梅西亚！穆西亚！"

梅西亚抱起米西亚，笑着对蜜丝说：

"快点儿上来吧，时间不多了！"

穆西亚则伸出宽大而厚实的手：

"那些黑衣代理人正穿过弗劳恩路，朝着玩具博物馆去了……快点儿，蜜丝，跟我们走！"

蜜丝从时光茧中走了下来，她的睡裙在风中猎猎作响。

"这是……最后的机会了吧。"

"没错。"

祖奇露齿一笑。

米西亚仰望着天空，大声喊道：

"琵琵，请你再去一趟外公的工坊吧！"

距离这边的世界消失，还有八个小时……

| 第十七章 | 回忆修理工厂

咣当咣当咣当咣当……

玻璃窗不停晃动，发出阵阵声响。琵琶睁开双眼。

一阵轰隆声从房子上空穿过。

琵琶艰难地起身，推开窗户，只见一架直升机划过飘着小雪的灰色天空，正朝钟楼的方向飞去。

市里比放假的时候还要热闹，到处可见走向钟楼广场的队伍。

楼梯下面传来爸爸妈妈的声音。

"那我出门了。"

"路上小心，终于到这一天了。"

"嗯，你记得把电视直播录下来。"

客厅的电视机里传来记者的声音。

"现在是早上六点四十五分，卡尔莱昂电视台周日早间新闻为您播报。五个多小时后……即中午十二点，作为卡尔莱昂象征的钟楼的拆除仪式将准时举行……"

琵琶坐在椅子上。

"弗里茨……早安。"

弗里茨用悲伤的眼神回望着琵琶。

"怎么了，弗里茨？你有什么难过的事情吗？"

琵琶意识到自己的情绪比昨天还低落。

她闭上眼睛，努力回想外公的话。

"忘了外公——"

后面的话，琵琶却怎么也想不起来。

她睁开眼睛，发现弗里茨那一绿一蓝两只眼睛正盯着自己。

"咦？"琵琶凑近弗里茨的右眼，"弗里茨的眼睛……原本不是这样吧？"

她发现弗里茨的绿眼睛和左边的蓝眼睛不一样。

绿色的眼睛里似乎有气泡，折射的光线也和左眼的有所不同。

咚、咚、咚……

外公留下的挂钟敲响了，提示现在是上午七点。

"弗里茨……在外公的工坊被拆掉之前，我们最后去和它告个别吧。"

琵琶把弗里茨放进书包，走出了家门。

妈妈专注于电视新闻，完全没注意到琵琶出门了。

通往钟楼广场的大桥上排起了长长的队伍。

卡尔莱昂河上停泊着船只，露台上摆满了铺着纯白桌布的桌子，方便人们观看钟楼拆除仪式。

钟楼被脚手架层层围住，附近停满了卡车、警车和消防车。琵琶穿过拥挤不堪的人群，朝着工匠街跑去。

大部分工坊都拉下了卷帘门，街道显得十分冷清。

外公的工坊被栅栏围了起来，正面贴着一张告示，上面写着：

禁止入内！

本建筑将于今日正午

进行拆除施工。

四周空无一人。

琵琶从栅栏的缝隙中钻过去，走到工坊门前。

门没有上锁。

琵琶走进工坊，摸索着按了一下电灯开关，可工坊的电已被切断。

一步，两步……琵琶努力睁大眼睛，小心翼翼地走在昏暗的工坊里。

"咦？"

她突然闻到一股与这个空无一人的老旧工坊不太相称的香甜

气味。

"这是……"

外公的工作台上，放着一个蓝白相间的食物遮罩。

遮罩下压着一个棕色的信封。

"这是什么啊？"

琵琵揭开遮罩。

白色的盘子里，是一块巨大的戚风蛋糕。

琵琵忙咽了一口口水。

浓郁的蜂蜜香味，以及焦黄色蛋糕所散发的小麦香气，让她几乎眩晕。

琵琵将信封翻过来，打开花瓣形状的封口，里面是一张樱花色的信笺。

她用颤抖的手打开信笺，迅速读了起来。

琵琵，当你读到这封信的时候，说明你已经来到了外公的工坊。

没有时间和你细说了，我把要说的话写在这里。

请你赶去钟楼，完成凯泽最后想要做的事情。

祖奇、爷头、罗诺、米娅、埃勒纳、米西亚、梅西亚和穆西亚，还有阿西托卡加工所的所有人，都期待再次与你相见。

蕾蒂·蜜丝·米赛斯·玛达姆

"蕾蒂·蜜丝·米赛斯·玛达姆？"

琵琵坐在椅子上，喃喃地重复了一遍。

她又咽了一口口水，肚子也咕咕叫了起来。

来自陌生人的信，还有蛋糕……通常情况下这些都值得警惕，可不知为何，琵琵却无法抑制想要品尝蛋糕的冲动。

她拿起叉子，将蛋糕送入口中，甜美的小麦香气直冲鼻腔，蜂蜜的甜味从舌尖蔓延到喉咙深处。

琵琵闭上了眼睛。

熟悉的味道在口腔中扩散开来，每咀嚼一下，眼前昏暗的工坊就变得色彩斑斓一些。

琵琵的眼前出现了一间摆满桌子的食堂。

穿着蓝色、黄色和红色工装的工匠们面带微笑看着琵琵。

走出食堂，她来到一个有大型电梯的大厅。

罗诺和米娅，还有工匠们在琵琵面前忙碌地走来走去。

上了电梯，她看到二楼的工匠们正在工作台前忙碌，锤子和电钻的声音此起彼伏。

在金鱼缸，祖奇一边抖着腿，一边在房间里整理文件。

她还看到了玛达姆缓缓走在走廊上的背影，以及爷头一边吸烟一边工作的侧脸——

咽下最后一口蛋糕后，琵琵长长地舒了一口气。

在那边的世界发生的事情，遇到的人，以及在阿西托卡加工所学到的一切，都在琵琵的脑海中变得清晰起来。

"我不能……忘记外公。"琵琵站起身，环顾工坊后低声说道，"人不能一味地向前看。无论是快乐的事情，还是悲伤的事情，都需要好好沉淀打磨，才能变成美好的回忆……"

琵琵背上书包，昂起头。

"走吧，弗里茨。我们必须去完成外公最后的工作。"

距离正午，还有四个小时——

✿

朝阳升起，从甘轺到亨特维尔克街都被照亮了。

阿西托卡加工所被黑衣代理人围得水泄不通。那情形简直就像一幅美丽的风景画上无端被涂上了黑色颜料。

罗诺站在阿西托卡加工所的大门前，俯瞰着黑压压的人群。

他最害怕的情景变成了现实。

从甘轺延伸出的好几条路都消失了，连接甘轺和工厂的亨特维尔克街的轮廓也逐渐变得模糊。

祖奇站在罗诺身旁。

"时间差不多了。"

"祖奇先生……一直没见您人影，您去哪儿了？您看！甘轺那边……亨特维尔克街正在消失……这座工厂也快要……"

"嗯……一言难尽。"

"爷头呢？"

"他在房间里。他大概会一直坐在工作台前，工作到最后一刻吧。"

"其他人呢？"

"他们和爷头在一起。"罗诺的声音里透着虚弱，"祖奇先生……一切都要结束了吧？"

"无可奈何的事情就是无可奈何，能解决的事情自然会解决。"

"祖奇先生……快看！"

黑压压的人群从队伍前方自动分开，一名黑衣代理人从他们中间走出来，走上台阶。

男人站在大门前，从容地环顾着工厂，眯起眼睛。

祖奇迈着罗圈腿，走到男人面前。

"那么，祖奇先生……您改变心意了吗？"

"爷头和我，一直以来都很固执……爷头说，只要有手艺和工具就足够了。"

祖奇轻描淡写地回答道，仿佛在谈论别人的事情。

男人露出冰冷的笑容。

"真遗憾——"他面无表情地威胁道，"那么，就让我们慢慢欣赏阿西托卡加工所从这个世界上消失的样子吧……"

说完，男人便转过身举起双手大喊道：

"消灭回忆修理工厂！"

乌泱泱的人群也跟着放声大喊：

"消灭回忆修理工厂！"

"消灭回忆修理工厂！"

"消灭回忆修理工厂！"

✿

距离钟楼拆除仪式开始还有两个小时。

琵琵朝着钟楼广场狂奔，她跑得气喘吁吁，大团大团的白气从她的口鼻里冒出来。

石板路上积了薄薄一层雪，琵琵好几次差点儿滑倒，她总感觉有一种无形的力量在背后推着她，让她一直跑，一直跑。

现在，外公的身影从钟楼上消失的那段记忆格外清晰。

外公为了修理停摆的时钟爬上钟楼，可他却在黑暗中失足摔了一跤。

如果自己也爬上钟楼，兴许就能明白外公最后到底想做什么，兴许就能守护那边的世界和阿西托卡加工所……

钟楼广场上挤满了想要目睹拆除钟楼这一盛况的观众和媒体记者。

琵琵像游泳一样拨开身边的人，不停向前穿行，终于来到了教堂入口。

入口处拉着警戒带，一名警察正在那里守卫。

琵琵抓住警戒带，探出身子大声喊道：

"拜托您了……请让我进去吧！"

警察吓了一跳。

"你在说什么呢⋯⋯我不可能放你进去。"他生硬地说，"没有市长的许可，任何人不能进入钟楼。这里很危险，赶快退后！"

琵琵被人群推挤着，来到了教堂的后面。她打算再次求管理员莫里带她从后门进去。

然而，管理员小屋却空无一人，木门也上了锁。

"怎么会这样⋯⋯"

她回到广场，看到穆拉诺市长和爸爸站在市政厅顶层。

"爸爸！"

她的声音被不停地在上空盘旋的直升机的轰鸣声淹没。

市长满意地看着广场，在他身后，电视台的工作人员正在做现场直播的准备。

"要是能求爸爸帮忙⋯⋯"

这个想法在琵琵的脑海中一闪而过，又被她自己否定了——就算爸爸肯听自己的，穆拉诺市长也不会同意。

"有了！"

琵琵像突然想起什么似的，转头就跑。

✿

穆拉诺市长的家位于新城区一座高层公寓的顶层。

这座公寓的一楼有一个类似酒店前台的接待处，一位接待员正单手拿着智能手机打发时间。

"您好！我想拜访穆拉诺市长！"

"市长早就去市政厅了。因为今天十二点有钟楼拆除仪式。"

"不是，我不找市长……"

"很抱歉，我们不允许外人去顶层。"接待员一边看手机一边摇头，但当他注意到琵琶身后走过来的人时，立即露出了微笑。

"小姐，您慢走。"

琵琶回头一看，莉娜正站在她身后。

"琵琶……你在这里干什么？"

"莉娜……"

莉娜原本漂亮又开朗，一张脸蛋粉粉嫩嫩的，然而这张脸现在却变得苍白、憔悴。她抱着平板电脑，从她肩膀上滑下的书包中露出了教科书和参考书的一角。

琵琶犹豫了一下，向莉娜走去。

"莉娜……我有个请求！"

莉娜睁大了眼睛，她的表情瞬间变得十分僵硬。

"你有什么事？这么突然。我正准备去补习班呢。"

"我想让你去求市长……求你爸爸，不要拆除钟楼！"

"你在说什么呢？这种事情我怎么可能办到！"

"可是，必须这么做才行。"

"我开口也没用的。他根本没兴趣听我说话。"

"怎么会呢？市长是你爸爸啊。"

"他只是我的父亲……而已。他一点儿都不了解我。"

莉娜露出痛苦的表情，将头扭到一边。

"莉娜……你应该和你爸爸好好说说你心里的想法。"

"说了也没用，我才不说！"

莉娜大喊道。

琵琶向前迈出一步。

"不，不是这样的。"

"什么不是这样的啊？"

"我以前也这么想过。我那时觉得谁都不理解我。但后来我在一个地方工作了一段时间，学到了很多东西，也想清楚了好多事。我渐渐明白如果想让别人明白你的感受，就必须鼓起勇气去表达。你不去试一下怎么知道呢？"

"什么？你去工作了？在哪儿？"

"在一个修理回忆的地方……"

"等一下，琵琶……你没事儿吧？你不会因为你外公去世受到打击，精神失常了吧？"

"莉娜！"

琵琶抓住莉娜的手。

"别害怕！如果你不把自己的感受说出来，你的爸爸，还有别人是不会明白你在想什么的！我曾经也很喜欢你，想和你一起玩。但我一直没告诉你……"

莉娜的嘴唇开始颤抖。

"琵琵，我……我对你做了很过分的事情……"

琵琵的眼泪扑簌扑簌地落了下来。

"没关系！弗里茨……我已经修好了。"

琵琵将弗里茨从书包里拿了出来。她皱着小脸笑了起来。

一行眼泪从莉娜浓密的黑睫毛下滚落。

"我也……想和你一起玩的。但是，我爸爸不让我和你一起玩。据说以前我爷爷和你外公大吵过一架……爸爸一直对那件事耿耿于怀……"

"无论是美好的回忆还是糟糕的回忆，都不能锁在心里。我们要好好整理这些回忆，积极面对它们，将它们变成美好的回忆！"

莉娜擦着眼泪笑了出来。

"什么？整理……你说的是什么意思？"

"确实……这听起来有点儿像大扫除呢。"

"嗯。"

琵琵直视着莉娜的眼睛说：

"莉娜，我有个请求。我现在必须去做一件事，你能陪我一起去吗？"

莉娜回望着琵琵的眼睛，点了点头，两人并肩跑了起来。

接待员一脸疑惑地看着她们，他完全搞不懂这两个女孩是在哭还是在笑，是吵架了还是和好了。

✿

祖奇和罗诺走出电梯，打开了爷头的房门。

爷头正对着工作台，拿着笔一言不发地写写画画。

蕾蒂、埃勒纳、米西亚、梅西亚和穆西亚也在那里。

"我们得尽快……从这里逃出去……"

罗诺看着大家的脸用微弱的声音说道。

梅西亚抚摸着鸳的羽毛，垂下了头。

"我们已经无处可逃了……"

穆西亚搂着梅西亚的肩膀。

"我们已经走到尽头了吧……就在这里……"

罗诺沮丧地低下了头。

米西亚从沙发上跳起来大喊：

"还没到最后呢！在蕾蒂的努力下，琵琵已经想起了一切！琵琵一定会……修好钟楼的！"

"可是……就算修好了钟楼，又能怎么样呢？那边世界的城市改革已经进行得差不多了，而且一旦凯泽的工坊被拆除，通往那边世界的道路也会被切断。修好钟楼到底有多大意义呢……"

爷头一边继续写写画画，一边平静地说：

"这不是有没有意义的问题。让卡尔莱昂的时钟再次运转——

324

这是凯泽的愿望。琵琶会继承他的遗志。"

蕾蒂急得直跺脚，她嘟囔道：

"距离正午只剩三十分钟了……爷头，你从刚才开始一直在做什么呢？"

"我在工作。"

"我服了你了！在这种时候，你难道不该想想挽救的办法吗？"

"凯泽也是工作到最后一刻呢。"

爷头抬起头，笑着答道。

埃勒纳靠在沙发上，一脸好奇地盯着祖奇的侧脸。

"祖奇，你打算怎么做？"

祖奇从口袋里掏出打火机，点燃了一支香烟。

"埃勒纳，能不能让我看看那个世界的情况？"

✿

"距离正午还有三十分钟。差不多可以开始了。"

琵琶的爸爸对卡尔莱昂电视台的导演说道。

满脸胡须的导演对着摄像师和记者比了个 OK 的手势，示意他们开始录制。一旁看起来似乎有些神经质的清瘦制片人正在用尖锐的声音打电话。

在他们旁边站着一个黑衣代理人，他是黑衣代理人三人组中的一个，每次都站在右边。

穆拉诺先生站在窗前，仔细将胸前的纽扣扣好。

"终于要开始了……随着拆除钟楼的新闻在全国播出，卡尔莱昂肯定会更出名。"

"市长，请您再往右边一点儿……我们得把钟楼也收到画面中。"

摄像师一边查看监视器，一边调整市长的站位。

钟楼广场上到处都是媒体的摄像机和拥挤的人群，直升机的轰鸣声不绝于耳。

"我站在这里可以吗？"

"再……稍微往右边一点儿……咦？"

摄像师发出了奇怪的声音。

"怎么了？"

市长皱起了眉头。

"那是……"

琵琶的爸爸从市政厅的窗户探出身子，顺着摄影师所指的方向看去。

钟楼广场上出现了令人不可思议的一幕。

"琵琶！"

琵琶和莉娜，还有市里的其他孩子手拉着手，一步一步朝着教堂走去。

围观的人群自动向两侧分开，为孩子们让路。

原本在教堂前待命的记者和摄影师们纷纷跑到孩子们面前，架起了摄像机。

"这是怎么回事？"

市长从琵琶爸爸的肩膀后面探出头，瞪大眼睛喊道。

"那不是莉娜吗？她怎么会在那儿！"

"喂喂，这是什么情况……观众的注意力都被吸引走了……"

制片人切掉了市长办公室的画面。

屏幕上出现了琵琶、莉娜和孩子们的脸。

"为什么莉娜会……施密特先生，她旁边的是……？"

"那是我的女儿……琵琶！"

"到底……发生了什么事！"

市长办公室瞬间乱作一团。

黑衣代理人冲出房间，朝着电梯厅跑去。

一名女记者手持麦克风，走近孩子们的队伍。

"你们……在做什么啊？"

孩子们手拉着手停下脚步。

"拜托了！请不要拆除钟楼！"

莉娜高亢的声音在广场上回荡，激起一阵哗然。

市长惊得下巴都要掉下来了，他一时语塞，不停地喘着粗气。

"莉娜……"

市长冲到窗边，探出身子大声喊道：

"莉娜！你在那儿做什么！快回家！"

群众和媒体注意到了市长，大家纷纷将摄像机和智能手机对准市政厅。电视和智能手机屏幕上立即出现了市长惊慌失措的脸。

莉娜抬头看向市政厅，大声喊道：

"爸爸！请让我们进入教堂！琵琶她……有必须做的事情！"

莉娜的眼中涌出大颗的泪珠。

"你在说什么呢？拆除仪式马上就要开始了……那儿很危险，你快离开那里！"

"我不！我不要再对你言听计从了！"

"你说什么？"

"自从改革开始以来，爸爸、妈妈，还有整个卡尔莱昂都变得很奇怪……求求你！变回从前的那个爸爸吧！"

市长一时说不出话来。人们齐刷刷地将镜头对准他。

快门声如涟漪般扩散开来，卡尔莱昂的电视、电脑和智能手机屏幕上，都映出了穆拉诺市长和莉娜的身影。

琵琵小小的身躯也在不停颤抖着，她走到莉娜身边。

"爸爸，外公之前一直想要修好钟楼的时钟。这个时钟还能运转！所以……请让我进去吧！"

"你在说什么呢！琵琵，那儿很危险，你也快离开那里！"

警察队伍向前迈进，试图将孩子们团团围住。

钟楼广场上弥漫着紧张的气氛，就在这时——

"等……等一下！"

一个驼背的小个子男人摇摇晃晃地挡在警察队伍前面。

是教堂的管理员莫里。

他像举起长矛一样举起长柄刷。

"莫里先生！"

"要是你们敢动……这些孩子一根汗毛，就试试看！我绝对不会放过你们！"

每当有警察试图靠近，莫里就用力挥动长柄刷。

"钟楼一直守护着这座城市！我看得清清楚楚！大家都被这些

穿黑衣服的男人给骗了。如果钟楼消失了，这座城市就完了！连孩子都能看得分明的事，你们怎么就是不明白？"

"莫里先生……"

琵琶目视前方，紧紧握住莉娜的手。

孩子们再次迈开步子，一步一步朝着钟楼走去。

挤在教堂前的人群散开了，为孩子们让出了一条路。

市长办公室的电话响了起来。

接过电话的秘书脸色变得煞白。

"市长……市政厅的来线爆满！大家都反对拆除钟楼……"

"到底发生了什么事……记忆连锁公司到底在干什么？"

"关于这一点……从刚才开始就没看到他们了……"

"什么？！"

琵琶和莉娜，还有孩子们对着镜头大声呼喊：

"不要拆除钟楼！"

"不要毁掉城市！"

"拜托你们，让我们进去！"

很快，人群中也出现了支持孩子们的呼声。

"让孩子们过去！"

"不要拆除钟楼！"

"难道你们要亵渎教堂吗？"

"市长是想无视市民的声音吗？"

不仅在广场上，整个卡尔莱昂都响起了这样的呼声。

"我知道了……我知道了……"

市长急得从市政厅的窗户里探出大半个身子，几乎快要栽下去了。他朝着警察队伍挥了挥手。

一名身材魁梧的中年警官上前打开了教堂的大门。

莉娜大声喊道：

"琵琵！快！"

琵琵背好书包，抬头看向钟楼。

"莉娜、莫里先生，还有大家……谢谢你们！"

说完，琵琵便冲进了教堂。

✿

中间的男人看着轮廓愈发模糊的阿西托卡加工所，露出了满意的神情。这个耗费了无数心血精心策划的计划，即将完美落地。

"终于到了这一刻，回忆修理工厂就要消失了……"

突然，男人的手表剧烈地闪烁起来。

"怎么了？"

手表的另一边声音嘈杂，混杂着群众的喊叫声。总是站在右边的男人的大喊声断断续续地传来。

"琵琶……她正朝着钟楼走去！"

"你说什么？"

"不只是琵琶……市长的女儿和其他孩子也……"

"不是已经夺走她的记忆了吗！"

"是的……确实如此。"

"一定是祖奇干的好事……快去阻止她！"

"可是现在，整个卡尔莱昂……不，全国的电视上……"

男人的脸色瞬间变得铁青。

"不惜一切代价阻止琵琶！"

"是……我现在正赶往教堂的后门——"

右边男人的声音突然中断。

中间的男人已经无法掩饰内心的慌乱，看起来焦躁不安。

他定睛看向阿西托卡加工所，看到祖奇正站在大门口。

"祖奇……都这个时候了，你还在打什么主意？"

祖奇单手拿着打火机，悠悠地抽着烟，视线似乎越过男人，望向更远的方向。

✿

　　教堂内部与连接凯泽的工坊和齿轮广场的那个三角形空间十分相似。

　　琵琵在礼拜堂的长椅之间奔跑，她穿过祭坛旁边小小的入口，沿着环绕着石塔的石阶向上奔跑。

　　每登上一级台阶，她在那边的世界学到的东西、遇到的人的脸庞便愈加清晰地浮现在眼前。

　　"我没有忘记在阿西托卡加工所学到的东西，尤其是祖奇先生和爷头先生教给我的事情，我也绝对不会忘记蕾蒂·蜜丝·米赛斯·玛达姆、罗诺、米娅、托克、埃勒纳、米西亚、梅西亚、穆西亚……还有外公！"

　　爬到楼梯尽头后，琵琵看到了通往钟楼的木梯。

　　她背好书包，抓住木梯。扶手被磨得光滑无比，琵琵感到自己的手紧紧地被吸附在上面。

　　琵琵沿着木梯向上爬去，当她从钟楼地板的入口探出头时，一阵强风呼啸而过，她的头发被吹得飘扬起来。她双手撑着地板，爬了上来，打量着四周的情况。

　　钟楼内部，无数的齿轮相互咬合，复杂的机械结构令人眼花缭乱。最大的齿轮几乎和琵琵一样高。钟楼里悬挂着大中小三只大小不一的时钟。

琵琶努力稳住身体，不让自己被强风吹倒，与此同时，她仔细地检查每一个齿轮、摆锤和零件。

"不要紧……这座时钟还能运转！外公精心维护了每一个零件……"

铜制齿轮散发着柔和的光泽，每个齿轮都上了足够的润滑油。

琵琶在阿西托卡加工所学到的东西在这里派上了用场。她清楚地知道这些零件是如何互相联动，牵引着时钟的指针的。

"琵琶，我这就下去把弗里茨拿过来——"

外公最后说的那句话在琵琶的脑海中回响。

琵琶朝着机械人偶的基座跑去。

从基座敞开的门向下远眺，可以看到广场上熙熙攘攘的人群。

琵琶开始按照顺时针方向，沿着圆形的基座轨道行走。

基座前面的圣人、天使、小丑和三只熊仿佛在守护着琵琶。

在轨道的末端，琵琶发现了两个凹槽。

琵琶想起了和外公一起仰望钟楼时的情景。

"这里就是弗里茨之前所在的地方……"

琵琶蹲下身打开书包，弗里茨正抬头看着她。

"外公……原来这里就是弗里茨心心念念的地方啊。"

琵琶从书包里取出弗里茨。

然而，此时的她并没有注意到，在她背后，一个黑衣代理人正在悄悄靠近……

✿

穆拉诺市长和琵琶的爸爸拨开人群，冲到了钟楼下面。

琵琶的妈妈也在那里。

"老公……琵琶在哪儿？"

"她在钟楼上……"

"为什么……为什么琵琶会……"

"我不知道。琵琶说岳父试图让时钟运转起来……"

"爸爸他……"

记者和摄影师围住了市长。

"穆拉诺市长，您这是决定不拆除钟楼了吗？关于旧城区的智能化改造，反对的声音也越来越多……"

"您的女儿呢？对于孩子们的呼声，您是怎么想的？"

"整座城市都在抗议改革的实施……"

眼看无法收场，市长气得朝着琵琶的爸爸大喊：

"都是你女儿干的好事！"

他双眼猩红，愤怒地抖着肩膀。

"爸爸。"

市长回头一看，莉娜站在他身后。

"莉娜……"

莉娜含着泪，注视着市长。

"莉娜……这是怎么回事？我做的这一切都是为了你，为了这座城市的未来……"

"不。爸爸，你试图做的所有事……从一开始就是错的。"

"你在说什么？"

莉娜握紧拳头，直视着市长的眼睛。

"我只是想回到过去，和爸爸像以前那样一起玩耍……我们这座城市自从开始改革后，所有人都变得焦躁不安、忙碌不堪，大家甚至忘了怎么笑，怎么悠闲地聊天。"

"莉娜……"

"我们的城市根本不需要这样的改革！大家只要能像以前一样，在广场上自在地玩耍，就已经很幸福了！求求您了……变回从前的那个爸爸吧！"

"我……"

市长无力地瘫坐在地上。

琵琵的妈妈含泪看着这一幕，她把手放在琵琵爸爸的肩上说：

"孩子爸爸……拜托你去照顾琵琵。"

"啊？"

妈妈转身跑开了。

"喂！你要去哪儿？"

爸爸不解地问。妈妈却大声喊道：

"我也有……必须做的事情！"

✿

呼——一阵呼啸的寒风穿过钟楼。

琵琶抱着弗里茨，与黑衣代理人对峙着。

男人露出冰冷的笑容，慢慢地靠近琵琶。

"把那个人偶……给我。"

琵琶摇了摇头，后退了一步。

嘎吱——

一块地板被强风掀了起来，在风中打了几个转，最终掉落到了广场上。

琵琶努力站稳脚跟，朝着男人大喊：

"为什么……你们为什么要夺走大家的回忆呢？"

男人一步步向前逼近，露出目中无人的笑容。

"因为如果不这么做，我就无法变得幸福……"

"不是的。总是觊觎别人的幸福的人是不会幸福的。从别人那里抢夺回忆根本没用，只有将自己的回忆打磨得闪闪发亮，才能找到向前的道路！"

"看来你在阿西托卡加工所学了不少没用的东西。不过一切都该结束了，那边的世界正在慢慢消失。事已至此，你们再怎么挣扎也无济于事……"

琵琵狠狠地瞪着男人。

"不会的！"

"很遗憾，你可以指望的祖奇、爷头……阿西托卡加工所的那些人都不在这里……"

琵琵抱着弗里茨，大声喊道：

"不，他们在！祖奇先生、爷头、阿西托卡加工所的其他人，还有外公……他们一直都在这里！"

"哼……你这丫头死到临头还嘴硬……"

就在男人伸手去抓琵琵的瞬间，他的脸突然扭曲起来。

紧接着，他向后仰去，双手在胸口疯狂抓挠。

"这是……怎么回事！啊！啊！"

在这千钧一发之际，琵琵稳住脚步，从痛苦挣扎的男人身边迅速跑过，躲到了钟楼的角落。

男人身上黑色正装的胸口处骤然燃起火焰，他的身体瞬间就被熊熊大火吞噬殆尽。

"啊啊啊啊啊啊啊！"

琵琶抱着弗里茨，呆呆地看着那个黑衣代理人被烧成了灰烬。

一阵强风吹过钟楼，将化为灰烬的男人吹散了。

男人原本所在的地方，一本皮质手账正在燃烧。那是他从琵琶手里抢来的祖记。

"是祖奇先生……"

琵琶站起身，双手高高举起弗里茨。

这个铁皮人偶在阳光的照射下，闪耀着神圣的光芒。

琵琶将弗里茨的双脚稳稳地嵌进基座的凹槽中。

✿

"怎么回事？到底发生了什么？琵琶她……钟楼到底怎么了？"

中间的男人对着手腕上的方形表盘大喊，对面却没有任何回应。

湿漉漉的汗水从他铁青的脸上渗了出来。

"到底……发生了什么……"

男人抬起头，望向阿西托卡加工所。

祖奇单手拿着打火机站着工厂大门前。

"祖奇……你到底做了什么？"

祖奇手中，一本皮质手账正在燃烧。

✿

　　阳光下，钟楼散发着金色光芒，那光芒向四面八方扩散开来。

　　正要冲进教堂的琵琶爸爸、市长、警察、莉娜和其他孩子，还有莫里，都被这神圣的光芒吸引住了。

　　人群中有人惊呼：

　　"看！时钟走动了……！"

　　市长和琵琶爸爸跑回广场，抬头望向钟楼。

　　他们看到了不可思议的一幕。

　　停滞已久的时钟指针，竟然在缓缓转动！

　　"这……"

　　市长惊讶得连连后退。

　　时钟的秒针缓慢而坚定地转动着，最终，秒针、分针和时针精准地重合在十二点的位置。

　　当！

　　当！

　　当！

　　卡尔莱昂的钟楼响起了正午的钟声。

　　一阵喧闹之后，寂静笼罩了整座钟楼广场。

　　人们仰望着钟楼，竖起耳朵聆听钟声。

钟声不仅传遍了卡尔莱昂，还传到了周边城市。

原本步履匆匆的行人纷纷停下脚步。那些原本低头盯着智能手机或电脑屏幕的人也纷纷抬起头，侧耳倾听。

卡尔莱昂那久违的钟声通过电视和互联网传遍了全世界。

机械人偶也动了起来，沿着轨道缓缓行进。

穆拉诺市长的脑海中浮现出他那已故父亲的音容笑貌。小时候，他被满手油污的父亲抱在怀里的记忆涌上心头。泪水顺着他的脸颊缓缓滑落。

琵琶爸爸则回想起改革开始之前，他带着年幼的琵琶、妻子，还有岳父凯泽一起去郊外游玩的情景。

莉娜想起了之前和琵琶手牵手偷看凯泽在工坊里工作，一直玩到太阳下山的时光。

莫里、警察、新闻记者和孩子们，人群中的每一个人都回想起了各自美好的往事。

望着钟楼和行进的人偶，大家时而微笑，时而落泪。即使那些心中满是痛苦和悲伤的人，他们的回忆也被打磨得熠熠生辉。

琵琶站在钟楼上俯瞰广场。之后，她将目光投向基座上的人偶。

在人偶后面，弗里茨一边旋转一边行进，此刻它看起来分明在微笑。

✿

与此同时，阿西托卡加工所的地下室里正上演着不可思议的一幕。

那些被主人遗忘、退回的玩具纷纷在货架里躁动起来。它们晃动着橱柜，一个接一个地立起身子。

紧接着，成百上千的玩具像巨大的浪潮一般从工厂的地下涌向地面。

罗诺从阳台探出身子，惊呼道：

"天哪！"

玩具像巨浪一般扑向包围工厂的黑衣代理人。他们瞬间就被玩具的洪流卷走了。

蕾蒂、米西亚和埃勒纳从爷头的房间冲到阳台上。

"发……发生了什么？"

"是存放在地下室仓库里的玩具！"

因为人们想起了过去的事情，这些充满了主人回忆的玩具也重新焕发了生机。

"快看那边！"

米西亚指向甘轴的方向。

原本快要消失的亨特维尔克街重新开始显形，与甘轴相连的其他街道也逐渐恢复了原状。

"琵琶……她做到了！"

埃勒纳将那边的世界的情况映在阳台的墙壁上。

钟声回荡，人们沉浸在各自的回忆之中。

琵琶微笑着站在钟楼上，俯瞰着整座城市。她的身影看起来充满了力量。

"这……到底是怎么回事？"

"卡尔莱昂的记忆被钟声唤醒了。凯泽离开后，修复钟楼的希望似乎破灭了，但琵琶继承了他的遗志……"

"这么说，这边的世界也因此获救了？"

罗诺瘫坐在地上说。

"太棒了！太棒了！太棒了！琵琶太厉害了！"

穆西亚抱起兴奋雀跃的米西亚，让它骑在自己脖子上，梅西亚则依偎在穆西亚身边。

蕾蒂注视着墙壁上映出的琵琶的侧脸，她的白色连衣裙在不停地随风飘荡。

她在心里默默说道：

"谢谢你……琵琶。下次见面的时候，我一定要给你烤一个超好吃的戚风蛋糕。"

蕾蒂褪去少女的模样，变回二十七岁三个月零五天的样子。

埃勒纳长长的白发在风中飘扬，他微笑着感慨道：

"岁月真是美好。回忆越丰富，就越能看到未来的美丽。现在，我们又可以守护两个世界的未来了……"

"那……那是什么？"

罗诺惊叫起来，整个人僵住了。

大家回头望去，顿时瞪大了眼睛。

"哦哦……哦哦哦哦……"

一个浑身长满了蛇形触手的异形，正一步步地往阿西托卡加工所大门前的台阶上爬。异形的中央是那个总是站在中间的黑衣代理人的脸。

"为……为什么……为什么又……变成……这样……"

他的呻吟声仿佛从地底传来，在四周不断回荡。

"真是个执念深重的家伙……"

祖奇无奈地挠了挠后颈，走到异形面前。

异形挣扎着，试图去抓祖奇的脚。

"我们……只是……想从……榨取我们财富的…………人手上……我们不过是……为了夺回……幸福而已……"

"看来你还是不明白，那就让我告诉你吧。"

祖奇俯视着异形。

黑衣男人的脸在异形中央若隐若现，发出泡沫崩裂的声响。

"幸福无法从别人那里夺取，也不能通过构陷他人获得。在你做好眼前的每一件小事的过程中，幸福会不知不觉降临。那些嫉妒他人、试图夺取他人幸福的人，是最不幸的。连一个十岁的小女孩都懂的道理，你们过了几十年、几百年还是不明白！"

祖奇高高抬起脚，猛地踩在那团黑色的异形上。

异形霎时迸裂，只在石板路上留下黑色的污渍，然后便消失得无影无踪。

祖奇揉着腰，哭丧着脸。

"我的腰！哎哟！真疼啊！"

高悬在天空中的太阳照亮了阿西托卡加工所。

所有的黑衣代理人都消失了。这边世界的人们也沉浸在美好的回忆中。

爷头放下手中的笔，站起身来。

他伸了伸腰，走到阳台上，朝着下面的祖奇大喊：

"琵琵的工匠考试，合格了——"

祖奇揉着腰答道：

"嗯，我也同意琵琵正式成为阿西托卡加工所的工匠。"

米西亚欢呼道：

"太棒了！琵琵，恭喜你！"

大家都欢呼起来，高呼琵琵的名字。

"琵琶！琵琶！琵琶！"

欢呼声久久回荡，不绝于耳，似乎要传到卡尔莱昂去。

就这样，琵琶的冒险与修习故事暂时落下了帷幕。

尾
声

琵琶完成了凯泽·施密特的遗愿，让那边的世界的人们重拾记忆，这边的世界的状况也随之改变。

工匠们再次回到阿西托卡加工所，大家开始重建工厂。

其中也有托克的身影。

托克对祖奇和爷头深深鞠了一躬。

"我……当时一定是鬼迷心窍了。明明借助了机械的力量，工作的时候我却完全感受不到乐趣。我这才意识到这份工作的意义就在于用自己的手去操作，用自己的头脑去思考。或许我现在说这些为时已晚……"

祖奇哼了一声，随即露出微笑。

"托克……你从见习工匠重新做起吧！"

托克兴高采烈地大声回答：

"好的！请您多多指教！"

大家首先要做的事情，就是将那些恢复了记忆的人们所珍视的物品一一送还。

随着阿西托卡加工所修复的物品一件件回到主人手中，这边的世界也变得愈发富饶美丽。

在将所有物品都归还主人之后，爷头开始修建新的工厂。

爷头绘制的"新阿西托卡加工所"的设计图十分梦幻。

他将加工所与玩具博物馆相结合，打造了一个既是博物馆又是工厂的空间。

参观玩具博物馆的人可以在工厂里游玩，工匠们也可以在工作之余去玩具博物馆放松，获得灵感。

卡尔莱昂也发生了巨大的变化。

政府取消了钟楼拆除计划，并将旧城区作为文化遗产保留了下来。

最令人惊讶的是，穆拉诺市长仿佛变了一个人，他放弃了改革计划，转而致力于修复和维护卡尔莱昂这座城市。

穆拉诺市长曾经是改革派的领袖，他的做法遭到了那些原本打算投资卡尔莱昂的资本家的强烈抵制。然而，市长却毫不动摇。

外面有传言说市长将在下一次选举中惨败。然而，与大多数人预想的相反，穆拉诺先生以压倒性的优势再次当选。

再次选择穆拉诺先生的卡尔莱昂的居民们说：

"珍视过去、能够承认自己的错误的人，才能重新开始。"

市长任命琵琶的爸爸为卡尔莱昂复兴项目的负责人。

琵琶爸爸主导的新改革项目旨在通过引入新技术，使卡尔莱昂世代传承的手工艺得到进一步的发展，并将其传承给下一代。

因当初的改革计划化为泡影，政府原以为会面临资本家撤资和经济下滑的局面。没想到人们对卡尔莱昂的新政赞赏有加，各地对卡尔莱昂手工艺品的需求也日益增加。

难以达成持续发展战略目标的世界各大城市的政府，纷纷派考察团来卡尔莱昂学习传统与创新的融合之道。

凯泽·施密特的工坊那日也在险些被拆除的紧要关头，得以保全。

那天，琵琵的妈妈冲到工坊，赶走了拆迁工人，并将"禁止入内"的告示改写成：

> 修理坏掉的玩具和道具，
>
> 以及回忆。
>
> 凯泽·施密特工坊

妈妈也回想起了与已故父亲凯泽之间的美好往事。

爷头正式通知琵琵，她通过了工匠考试。

不过，琵琵毕竟才十岁。

经过祖奇和爷头多次商议，琵琵被破格任命为预备工匠，等她十六岁时，将正式成为爷头手下的工匠。

那么，琵琵是否会放弃在卡尔莱昂的生活，转而在那边的世界生活呢？并非如此。

两个世界之间的往来，需要有人在中间架起桥梁，协助货物与人员的流通。琵琵将肩负这一使命，在十六岁之前她会和父母一起生活，并在外公的工坊工作。

小熊米西亚也来到工坊，和琵琵一起工作。

这也是梅西亚和穆西亚所希望的，它们之前便想要米西亚在周游世界的过程中慢慢自立。

米西亚成了对两个世界来说不可或缺的存在，不过这又是另外一个故事了。

✿

琵琵站在连接两个世界的三角形空间里。

祖奇站在她面前。

"祖奇先生，我会回来的。"

"嗯。你要早日独当一面，毕竟爷头已经老了。"

祖奇双手叉腰，露齿而笑。

"祖奇先生。"

"怎么了？"

"是因为卡尔莱昂的人们重拾了回忆，阿西托卡加工所和这边的世界才没有消失，对吧？"

"也可以说……是因为你完成了凯泽的遗志……不过，你这种不邀功的态度值得表扬。"

"嗯……可是，我还有一件事不太明白。"

"什么事？有话直说。我讨厌拐弯抹角。"

"祖奇先生……您是什么时候遇到爷头并来到这边的世界的呢？"

祖奇皱起眉头。他挠了挠头，又开始抖腿。

"我不是说过别想多余的事吗？"

"是的，可是爷头房间的走廊上挂着的照片里有他和我外公，还有莉娜的爷爷，唯独没有您的身影。"

"嗯。"祖奇微微一笑道，"一言难尽。"

爷头、蕾蒂·蜜丝·米赛斯·玛达姆、埃勒纳馆长，还有米西亚、梅西亚和穆西亚，都在爷头的新工作室里看着这一幕。

爷头的新工作室和工匠工作区连在一起，工匠们可以自由观摩爷头工作。

托克和其他工匠们双眼发亮地修理着那些承载着回忆的物品。

工作区的墙上挂着一幅画，那是爷头在琵琶修理弗里茨期间亲自画的。

他画的是琵琶的侧脸。画中的琵琶流着汗，专心致志地修理着弗里茨。

她旁边站着的，是凯泽·施密特，他正一脸慈爱地看着琵琶。

全文完。

本故事纯属虚构，与现实中的任何人、商店和组织无关。

本书插图均由日本插画师 kunomari 创作。

思い出の修理工場

OMOIDE NO SHURIKOJO

Copyright © Tomohiko Ishii, 2019

Original Japanese edition published by Sunmark Publishing, Inc.

Chinese simplified character translation rights arranged with Sunmark Publishing, Inc.

Through Shinwon Agency Co., Ltd.

Simplified Chinese translation copyright © 2025 Beijing Science and Technology Publishing Co., Ltd.

著作权合同登记号　图字：01-2025-1843

图书在版编目（CIP）数据

回忆修理工厂 /（日）石井朋彦著；任兆文译. —
北京：北京科学技术出版社，2025. —— ISBN 978-7
-5714-4775-5

Ⅰ. I313.84

中国国家版本馆 CIP 数据核字第 2025JC3406 号

策划编辑：韩贞烈　张心然	电　　话：0086-10-66135495（总编室）		
责任编辑：樊川燕	0086-10-66113227（发行部）		
封面设计：郭京卉	网　　址：www.bkydw.cn		
图文制作：史维肖	印　　刷：北京中科印刷有限公司		
责任印制：吕　越	开　　本：880 mm×1230 mm　1/32		
出 版 人：曾庆宇	字　　数：222 千字		
出版发行：北京科学技术出版社	印　　张：11.375		
社　　址：北京西直门南大街 16 号	版　　次：2025 年 8 月第 1 版		
邮政编码：100035	印　　次：2025 年 8 月第 1 次印刷		
ISBN 978-7-5714-4775-5			

定　　价：59.80 元